Sei heiter im Herzen

Sei heiter im Herzen

Humorvolle
Geschichten & Gedanken
aus Schlesien

benno

Bibliografische Information der Deutschen Nationalbibliothek
Die Deutsche Nationalbibliothek verzeichnet diese Publikation in der Deutschen Nationalbibliografie; detaillierte bibliografische Daten sind im Internet unter http://dnb.d-nb.de abrufbar.

Besuchen Sie uns im Internet:
www.st-benno.de

Gern informieren wir Sie unverbindlich und aktuell auch in unserem Newsletter zum Verlagsprogramm, zu Neuerscheinungen und Aktionen.
Einfach anmelden unter www.st-benno.de.

ISBN 978-3-7462-4806-6

Zusammenstellung: Volker Bauch, Leipzig
Umschlaggestaltung: BIRQ DESIGN, Leipzig
Gesamtherstellung: Kontext, Lemsel (A)

Inhaltsverzeichnis

Vom Glauben des Lebens

Vom Reisen in die weite Welt

Mit Humor lebt es sich besser

Wer selbsten Witz nicht hat,
dem dient kein witzig Rat.

Friedrich von Logau

Humor

Wenn ich jemanden das höchste Glück der Welt schenken könnte, ich gäbe ihm nur den Humor, den Gott mir als das wertvollste Himmelsgeschenk in die Wiege legte. Er ist der größte Wunderdoktor, der alte unheilbar scheinende Leiden erträglich macht oder gänzlich ausheilt, den Bazillus der Schwermut, des Griesgrams, der Raunzeritis im Entstehen tötet und den Lebensweg mit Sonne und Genuss überschüttet.

Viktor Heeger

Lachen ist gesund!

Natürlich wird jeder sofort sagen: Lachen ist gesund, und sogar sehr gesund! Das ist doch klar wie dicke Tinte! Wer nicht zur rechten Zeit auch mal von Herzen lachen kann, das ist kein braver Mann, kein Mensch von Fleisch im eigenen Saft.

Da haben wir's schon: von H e r z e n lachen! Kann man auch anders lachen?

O ja! Dieses h e r z l i c h e Lachen aber ist das, bei dem der ganze Körper bebt, das Gesicht sich in freundliche, ausnahmsweise erwünschte Falten legt und die Mundwinkel sich am liebsten auf der Rückseite des Gesichts treffen möchten! Hierunter fällt auch das oft zitierte „homerische Gelächter", das zwerchfellerschütternde Lachen, das mitunter sogar schmerzhaft sein kann, obwohl das Lachen den Menschen ja doch befreien soll! Aber dieses Lachen ist in jedem Falle gesund, es möbelt den Menschen mal richtig auf.

Man spricht aber auch von einem höhnischen Lachen, bei dem sich nur die nähere Umgebung der Mundpartie in süß-säuerliche, unschöne kleine Falten legt: das sogenannte „Grienen". Das wenden jene Überphilosophen an, die sich so vollkommen wähnen, dass sie auf ihre Mitmenschen verächtlich herabblicken könnten. Dieses „Lachen", das kein Lachen ist, hilft ihnen selbst zwar nicht, ist immerhin als Quelle ungetrübter Heiterkeit für alle humorbegabten Menschen recht gesund. Und so was freut einen denn ja auch!

Die harmlose Abart des ironischen „Grienens“ ist das freche, spitzbübische, verschmitzte Lachen, das „Grinsen“. Wenn Bubi sieht, wie Mutti zum Küchenschrank geht und nach dem Marmeladeneimer greift, den er vor fünf Minuten ausgeschleckt hat – oder wie unter dem Gewicht von Vatis beinahe zwo Zentnern bald die leere Zigarrenkiste zusammenkrachen wird, die er spitzbübischerweise zwischen den Sitzkissen des Schaukelstuhls verstaut hat –, dann grinst er, der freche Bursche! Das ist zwar an sich noch nicht weiter gesund, aber die Wirkung: Sie wird in allgemeiner Heiterkeit bestehen – hoffentlich! Wenn freilich Vati oder Mutti schlechte Laune haben sollten, dann sieht die Sache für Bubi schlimm aus.

Nicht immer war das Lachen von Herzen so geduldet und begrüßt wie zu heutiger Zeit. Der Mensch soll seine Kraft aus der Freude holen, und stärkster Ausdruck der Freude ist nun mal das herzliche Lachen. Nicht nur im Rokoko durften die „feinen“ Damen, die in anderer Beziehung gar nicht so schrecklich fein waren, in Gesellschaft nur lächeln. Immer nur lächeln ... Das galt auch für die „höheren Töchter“ der Vorkriegszeit, aber sie waren darüber gar nicht vergnügt, und doch mussten sie die „Etikette“ wahren: Denn sonst fuhr die Bonne mit funkelndem Zornesblick und krachender Korsettschiene dazwischen, wenn irgendeine Pflegebefohlene unterdrückt kicherte. Dieses Lächeln ist ungesund, weil es die elementare Naturkraft des Gefühlsausbruchs gewaltsam unterdrückt.

Verpönt war und ist jede Form des Lachens bei den Asketen aller Schattierungen. Verpönt ist es auch bei den Griesgramen, jenen humorlosen Gesellen, die ihre Aufgabe darin erblicken, an der Freude und Lebenslust ihrer Mitmenschen um jeden Preis Anstoß zu nehmen. Wohl ihnen und ihrer Galle!

Alles in allem aber: Lachen ist gesund, und ein herzhaftes, befreiendes Lachen hat schon oft die heikelsten Situationen gerettet. Der Arzt, der seine Patienten nicht nur mit Medizin, sondern auch mit Humor behandelt, wird bessere Heilerfolge erzielen als ein anderer. Wie oft in der dumpfen Schwüle des Gerichtssaals, wenn die streitenden Parteien zu gar keinem Ergebnis kommen konnten, hat ein Scherzwort die Spannung gelöst und den Boden für eine Einigung bereitet!

So ist es überall im Geschäfts- und Berufsleben und nicht zuletzt im trauten Heim! Etwa so!

Wenn Vater beim Gardinenaufmachen mit der Leiter umgekippt ist und nach den ersten Schrecksekunden eine furchtbare Schimpfkanonade mit anschließendem Ehegewitter loszubrechen droht, wieso er überhaupt dazu käme, Tapezierarbeiten zu verrichten usw. — und Mutti zuvorkommend besänftigend flötet: „Na, lass mal – immer noch ein Glück, dass du nicht auch noch den Kronleuchter mit heruntergerissen hast und die Leiter nicht aufs Kristall gefallen ist“ —, so wird er trotz der Beule am Kopf und der Schmerzen im und unterm Kreuz vielleicht etwas schimpfen, aber bald in ein befreiendes Gelächter ausbrechen!

Lachen schärft nämlich auch den Verstand! Warum ist er denn umgekippt? Durch seine eigene Ungeschicklichkeit. Aber das muss man auch einsehen! Wut macht blind, Lachen öffnet die Sinne!

Alle Menschen können, sollen, dürfen lachen – mit einer

Ausnahme! Die bilden wir Humoristen! Wir haben nichts zu lachen, weil wir in ewiger Sorge um neuen und guten „Stoff" und auf ununterbrochener Jagd nach „Lachmaterial" sein müssen! Denn unsere Zuhörer sind anspruchsvoll. Sie hören sich eine und dieselbe Opernarie Hunderte von Malen an, aber unsere Couplets und Vorträge mit geringen Ausnahmen nicht annähernd so oft, und Witze – das ist das schwierigste Kapitel auf dem Kunstmarkt, wenn man so sagen darf. Wenn da nicht jeder von der Reichswitzstelle als „garantiert neu" beglaubigt ist, heißt es gleich: „Ooch, sooo'n Bart!" Und zweimal bringen darf man ihn schon gar nicht!
Und da soll man lachen? Wo lachen doch gesund ist.
Aber freilich – denn Humor ist ja, wenn man trotzdem lacht!

Nur um gelegentliches stilles Mittel bittet der ergebenst Endesunterzeichnete

Ludwig Manfred Lommel

Ein Loblied auf die Schnooke

Was im Niederdeutschen der Schnak oder die Schnake ist, in anderen Gegenden als Schnurre bekannt, das ist für die Schlesier die Schnooke.
Schnooken sind Volksgut. Früher hat man sie wie Märchen und Sagen nur mündlich weitergegeben in der Sprache der Landschaft. Eine Schnooke lebt von der Mundart. Sie kann nicht in der Schriftsprache wiedergegeben werden, weil da der Wortschatz nicht ausreicht, alle Eigenschaften von Landschaft und Menschen so einzufangen, dass es eine Schmunzelgeschichte wird.
Vielleicht ist die Schnooke die Satire des kleinen Mannes, der herzhaft lachen, aber nicht verletzten will; erkennt er sich doch genau wieder in all den kleinen Missgeschicken oder Missverständnissen, von denen die Schnooke lebt. Stunden, wo reihum vergnügt eine Schnooke nach der anderen zum Besten gegeben wurde, sind selten geworden in den Familien, im Freundeskreis und in den Bauden.
Am Mädelkamm (1405 m) liegt in der Höhe von 1288 die Peterbaude. Direkt am Passweg, der Grenze zwischen Böhmen und Schlesien, seit Friedrich der Große Maria Theresia Schlesien, die Perle in ihrer Krone, abnahm. Die 1811 erbaute große Baude liegt also an der böhmischen Seite des Grenzweges, der selten als solcher in Erscheinung trat bis 1945.

Heute ist das anders – und auch eine andere Geschichte. Kehren wir also in dieser beliebten Windersportbaude ein, bekannt für gute Abfahrten, ob Ski, Rodel oder mit dem Hörnerschlitten.

Brettträger Lauer ist unterwegs. Dreißig Kilometer täglich werden wohl nicht ausreichen bei Wind und Wetter. Denn die Einzelbauden im Bereich der Siebengründe gehören zu einem Zustellbezirk, nicht selten liegen sie Stunden voneinander entfernt.

Überall wird er wie ein guter Freund erwartet und wie jemand aus der Familie aufgenommen. Er bringt Freude und auch schmerzliche Nachrichten in die hingeduckten Häuser, die im Winter unter der Last von drei und vier Metern Schnee fast zusammenbrechen. Der Bergbriefträger ist die Verbindung zur Außenwelt, er bringt Hilfe, ruft den Arzt, wenn es notwendig ist, oder er bringt auch was aus der Apotheke mit.

Und er kann zuhören!

Wenn er am späten Nachmittag die Peterbaude erreichte, war es Zeit für ein Tippel warmen Kaffee und ein Streifel Kuchen oder auch ein gutes Vesperbrot mit Griebenschmalz, Äpfeln und Majoran. Wenn es sehr kalt war, konnte ein guter Korn schon von innen recht gut erwärmen. Auch einen Stonsdorfer verachtete er nicht.

Von der mit einer Glasveranda vorgezogenen Gaststube der Peterbaude kann der Gast weit hinein ins Hirschberger Tal sehen, zu den Falkenbergen bei Fischbach und dem Segelfliegerberg bei Grunau. Entgegengesetzt, auf der Südseite, schweift der Blick ungehindert weit hinein ins Böhmische. In sanften, im-

mer kleineren Wellen rollt die Landschaft sich bis zur Ebene hin aus.
Hier in dieser Baude rastete im Jahr 1910 der 1886 in Altenbuch bei Trautenau geborene Othmar Fiebiger. Auf ein Stückchen Papier schrieb er die Verse des Riesengebirgsliedes „Blaue Berge, grüne Täler“, mit dem er die Menschen auf beiden Seiten der Kammlinie bis heute beglückt, weil er das in Worte fasste, was einen ergreift, wenn sich vor seinen Blicken diese Landschaft ausbreitet. Was heute weniger bekannt ist, Othmar Fiebiger schrieb das Riesengebirgslied zunächst in Mundart nieder: Blooe Barge, griene Täler, mittadrinne a Hausel kleen.
Sein Wanderfreund, der Lehrer Vinzenz Hampel, hat ein Jahr später dieses Lied vertont.
Seit dieser Zeit erklingt es in den Bauden, begleitet mit Zither- oder Gitarrenmusik, oder draußen, wo Riesengebirgler und ihre Freunde zusammenkommen. Bis heute.
Nicht selten wird der Briefträger aus den Siebengründen bei einer Einkehr in den Bauden der Riesengebirgler das Heimatlied mitgesungen haben:

Blaue Berge, grüne Täler,
mittendrin ein Häuschen klein,
herrlich ist dies Stückchen Erde,
und ich bin ja dort daheim.
Als ich einst ins Land gezogen,
haben die Berg mir nachgesehn.
Mit der Kindheit mit der Jugend,
wusst selbst nicht wie mir geschehn ...

Refr.: O mein liebes Riesengebirge,
wo die Elbe so heimlich rinnt,
wo der Rübezahl mit seinen Zwergen,
heut noch Sagen und Märchen spinnt.
Riesengebirge, deutsches Gebirge,
meine liebe Heimat du.

Ist mir gut und schlecht gegangen,
hab' gesungen, hab' gelacht.
Doch in manchen bangen Stunden
hat mein Herz ganz still gepocht.
Und mich zogs nach Jahr und Stunde
wieder heim ins Elternhaus,
hielt's nicht mehr vor lauter Sehnsucht
bei den fremden Menschen aus.
Refr.: O mein liebes Riesengebirge ...

Und kommt's einstens zum Begraben,
mögt ihr euren Willen tun,
nur das eine, ja das eine –
lasst mich in der Heimat ruh'n!
Wird der Herrgott mich dann fragen,
oben nach dem Heimatschein,
zieh ich deutsch und stolz und freudig,
flugs ins Himmelreich hinein:
Refr.: Bin aus dem lieben Riesengebirge ...

Seit 1910 und Othmar Fiebigers Rast in der Peterbaude ist viel Wasser die Elbe hinabgeflossen und zwei Kriege haben die von ihm besungene Bergheimat verändert in einer Weise, von der er an jenem glücklichen Tage noch

nichts ahnen konnte. Auch durfte er nicht in der Heimat ruhen, er starb, 86-jährig, 1972 in Baden-Baden.
Als das alte Lied verklungen ist und jeder seinen Gedanken nachhängt, da rückt auch der Johann Lauter am Tisch näher an die anderen heran. Sie hatten ihn ausgefragt darüber, ob ihm denn der Weg jeden Tag nicht zu beschwerlich sei?
Der nickte tiefsinnig und gab zur Antwort: „Wenn ma's recht besitt, do ies doas heute schun richtig gutt, missa se wissa.
Denn woas de dar alle Moan woar, dar asu im Neunzahundert rim es der Nähnde vo a Rennerbauda versturba ies, nu durte woar doas noch weitnei biese. Dar woar asu oa die Neunzig. Doas ies ja nimme jung, doas warn se zugahn missa. Nu ging ha uff a Sterbs, ist woar ju o Zeit. Do toata se nochm Pforr ruffa, ar selde vo Spindelmiehle oder aus Huhnelbe nuffkumma.
Dar koam dann. Dar, dar du uff a Sterbs ging, woar ganz ruich, ar fond halt o, s war bald Zeit derzu. Wie nun der Pforr ihm olle guda Troste gibt an dam Aala versprecha tutt, doas de doch o ferr ihn der Heiland gesturba sei – do tutt dar sich plutze uffrichta an soat zum Pforr:
„Woas, doas orme Norrla ist ock gesturba? Doas hoa ich ju gornie wissa kinna. Ihr, lieber Pforr, ihr ward meer wull nich zu siehr biese sein, doas ich nich uff sen Begräbnis geganga bin. Kenner hoat mir doas gesoat, weil ma an ma tutt ei dam wilda Geberge ieberhaupt nischte nich derforhn ..."

Bach Erle

Gedichte ohne „r"

Wie viel Licht im Sonnenball,
wie viel Staub im Weltenall,
wie viel Staub und wie viel Sand
gibt's nicht schon im Heimatland!
Wie viel hohes, schönes Licht
hat's im deutschen Lande nicht!
Wie viel Angst in Blitzes Schein,
wie viel Lust im Glase Wein!
Doch ganz komisch ging man um,
alles schaffend, meistens stumm; –

Bloß den Menschen ausgenommen,
lebt sonst alles still beklommen
dem Menschen allein die Kunst man gab
zu zählen all' sein Gut und Hab',
zu sagen, wie's und was ihm tut,
und wie ihm jetzt und je zu Mut:
Wenn ihn die Habsucht voll gefüllt,
und wenn die heiße Sucht gestillt!
Wie wonneatmend das Gefühl,
wenn nah' man einem hohen Ziel.

Kühn manche dies in's Auge nehmen,
ohne des Mißlingens sich zu schämen,
weil edle Pflanzen oft eingehen,
wenn sie auf sandigem Boden stehen!
ja, all' dies ist jenen nicht gegönnt,

Die man nach uns Geschöpfe Gottes nennt:
Das edle Wild kann es nicht sagen,
wie Jagd und Hunde ihm behagen,
und wenn man den Hals des Fisches sticht,
denkt man, die Fische empfinden's nicht!

Ei, sehet doch, wie doppelt unbillig,
die Fische zucken ja, doch böswillig,
will man sie dennoch gefühllos nennen,
weil sie nicht seufzen und klagen können;
und so geht's bis zum Elephanten hin,
still behält es den unabhängigen Sinn,
das gut, weise, edle Vieh,
denn Sklavendienst beugt seine Weisheit nie,
stolz denkt es an das heimatlich Gebiet,
sanft duldend, was im Ausland ihm geschieht.
aus all' diesem ziehe ich den Schluss,
Dass die Sagekunst man haben muss.

Friederike Kempner

Warnung

Der, der den anzeigt,
der den Pfahl, auf dem steht,
dass der, der etwas in den Teich schmeißt,
einen Taler Strafe zahlen soll,
ins Wasser warf,
der erhält fünf Gulden Belohnung
aus der Stadtkasse!

Max Heinzel

Schlesisches Bauerngespräch

Die Genügsamkeit des Schlesiers hat die Dichterin Anna Luise Karschin in dem folgenden Gedicht eingefangen, das zugleich auch den hintergründigen Humor eines Landmannes zeigt, der mit den einfachsten leiblichen Genüssen schon vollauf zufrieden ist:

„Und wenn ich hinterm Pflug mich heiser g'nug geschrien,
da denk ich abends an das Ausgespanne,
da fahr ich heim. – Und dann kommt meine liebe Anne
und lacht mich freundlich an, und dreimal streichelt sie
mich um das Kinn herum und macht, dass ich die Müh',
die mir der Pflug gemacht, schon halb und halb vergesse.
Nu wird der Tisch gedeckt. – Ich setze mich und esse
mein Käsebrot mit ihr und meinen Hirsebrei
und meine dicke Milch. Das sei'n Gerichte drei.
Die schmecken mir und ihr so gut und zehnmal besser
als in der großen Stadt dem Leckerbissenesser
das ausgeschlürfte Ding, wie heißt's doch immer mehr?
Ich mag es nicht, mir grauet viel zu sehr.
A solcher Schneckenfraß is nich für unsereinen.
Der Städter spült sich's ab mit seinen Ungarweinen.
Ich – wohl so satt wie er – trink Wasser aus der Quell ..."

Anna Luise Karschin

Mein Ross und ich

Ich ging nicht in die Schule – ich ritt! Ich konnte mir das leisten, denn ich hatte ein Ross, das nicht rechnen konnte. Wenigstens kam es nie hinter die verzwickten Schliche der indirekten Regeldetri. Bei zehnstündiger Arbeitszeit arbeiteten nach Meinung meines Rosses die bekannten „sechs Arbeiter“ an dem bekannten „Graben“ immer zehnmal so lange als bei einstündiger. Dieses Ross hieß Reinhold Sander, war zwei Jahre älter und zwanzigmal so stark wie ich und im Übrigen der gutmütigste Schuljunge von der Welt. Jeden Morgen erschien mein Ross in meiner großväterlichen Wohnung, stopfte sich schnell einen Apfel oder was etwa sonst Genießbares auf dem Fensterbrett lag in die Hosentaschen, setzte mich auf seine Schultern und trabte mit mir zur Schule, wo es mich auf meinem Platz sanftiglich absetzte. Dafür machte ich meinem Rösslein in der Rechenstunde die tadellosesten „Bruchansätze“.

Eines schönen Maimorgens ritt ich nun gerade zur Schule, stolz wie Darius zur Schlacht, als uns ein Mann begegnete, den sowohl mein Ross als ich nach dem ersten prüfenden Blicke als einen „Stadtklecker“ einschätzten. Als „Stadtklecker“ galt damals in meinem Feld-, Strauch- und Wiesendorfe ohne Weiteres jeder städtisch gekleidete Mensch, der sich in seiner Gemarkung blicken ließ. „Nanu, nanu“, machte der Fremdling verwundert und musterte uns, „wo geht die Reise hin?“ – „In die Schule!“, sagte ich und fuchtelte siegesgewiss mit meinem breiten Lineal wie mit einem Kriegsschwert. – „Aber Junge, warum gehst du denn nicht zu Fuß? Kannst du denn nicht laufen?" – „Besser wie Sie", sagte ich frech. Der Fremdling erzürnte sich und schnauzte mein Ross an: „Wirf doch den Bengel ab! Wirst dich doch nicht mit ihm abrackern!" – Mein Ross schüttelte die Mähne und stieß Dampf aus den Nüstern. Dann sagte es: – „Er lässt mich die Regeldetri-Aufgaben abschreiben, und überhaupt geht Sie das 'n Quark an." – Nun raste der Wandersmann und wollte mit seinem dünnen Spazierstock meinem Ross eins auf den sogenannten Bug geben. Das aber schlug nach hinten aus, schlug in eine Pfütze, bespritzte den Fremden von oben bis unten und setzte sich in Galopp mit mir. Als wir ein Stück davon waren, sang ich mit lieblicher. heller Stimme: „Stadtklecker! Stadtklecker!"

An diesem Tage aber hatten wir in der ersten Stunde biblische Geschichte. Da ich zu Hause vergessen hatte, die „Bibel" zu lernen, wollte ich auf den Vorzug, sie vortragen zu dürfen, lieber verzichten und bat gleich nach Anfang der Stunde den Lehrer, „mal austreten" zu dürfen. Er brummte etwas von „ewigem Gelaufe" und ließ mich ziehen.

Darauf trat ich drei viertel Stunden lang „aus". Als ich vermutete, dass die biblische Gefahr vorüber sei, näherte ich mich wieder behutsam der Schulstubentür und hörte da folgenden Meinungsaustausch: – „Es heißt nicht Frau Puciphar, es heißt Frau Poriphar" – „Herr Schulinspektor!", hörte ich unseren Lehrer bescheiden einwenden, „bei uns in der katholischen Bibel schreibt sich die Frau mit u." – Mir aber wurde plötzlich an der Schulstubentür so beklommen zumute, dass ich meinte, jetzt müsse ich wirklich mal austreten. Also verschwand ich noch auf fünf Minuten nach dem Hofe, dann aber trieb mich mein Pflichtgefühl und eine düstere Ahnung nun dem Klassenlokal zu.

Heiliger Himmel, der plötzlich anwesende Kreisschulinspektor war tatsächlich unser „Stadtklecker". Kaum erblickte er mich, so machte er auch schon den Finger krumm, winkte und sagte: „Komm mal her, du Schwede! – Wo warst du denn bis jetzt?", herrschte er mich an. – Ich sagte, ich sei schnell nur mal austreten gewesen. – „Schnell mal austreten – so! Du Range! Und über eine halbe Stunde bin ich schon hier. Wo warst du so lange, Schlingel – he?!" – Ich stotterte etwas von einer unheimlichen Bauchkrankheit, die ich hätte; er aber ergriff mich an den Ohren und begann in höchst lästiger und fataler Weise daran herumzuschrauben. Trotzdem hörte ich, wie mein Ross leise und zornig aufschnaubte, denn mein Ross liebte mich. Ich bekam noch eine ungewisse Anzahl von Ohrfeigen und konnte mich dann setzen.

Der Herr Schulinspektor hielt nun eine donnernde Strafrede über die Roheit von Dorfkindern Fremden gegenüber, was ich mit äußerer Zerknirschung und innerer Gleichgültigkeit anhörte. Am Schlusse sagte er: „Der kleine Bengel dort ist zu faul, um in die Schule zu laufen; er reitet auf jenem langen, starken Labander und lässt ihn dafür die Rechenaufgaben abschreiben." Ein vernichtender Blick traf unseren herzensguten Lehrer. – „Herr Schulinspektor, der Reinhold Sander ist einer meiner schwächsten Rechner, aber sonst ein guter Junge." – Das alles galt nichts. „Sander, komm mal raus an die Wandtafel. Nimm die Kreide und schreibe auf: 6 Arbeiter arbeiten über einem Graben von 175 m Länge, 1 ½ m Breite und ¾ m Tiefe 18 Tage bei täglich zehnstündiger Arbeitszeit. Wie lange arbeiten 25 Arbeiter an einem Graben von 300 m Länge, 1 ½ m Breite und ½ m Tiefe, wenn sie täglich ... 8 Stunden tätig sind?" – O, du armes Ross! Ich sah, wie seine Mähne sich sträubte, wie schwerer Atem durch seine Nüstern drang und seine Läufe zitterten. Aber der Herr Kreisschulinspektor hatte seine Rechnung ohne den Telegrafen gemacht. Nämlich, wenn mein Ross an die Wandtafel gerufen wurde, galt folgende Telegrafie: Ich setzte meinen Schieferstift scharf wie zu einem Punkt auf die Schiefertafel (heißt: Reinhold, dieses „Glied" musst du über den Bruchstrich setzen). Ich mache einen quietschend langen Strich (heißt, das kommt unter den Bruchstrich). Einmal Hüsteln heißt: Jetzt musst du „kürzen". Zweimal heißt: Es lässt sich noch weiter „kürzen". Schneuzen bedeutet: Die Sache ist falsch. Kurzes Scharren bedeutet: „Alles richtig!" Das Wunder geschah: Reinhold Sander rechnete die schwere Aufgabe völlig richtig. Als der Herr Schulinspektor, der inzwischen weiter geprüft hatte, an der Tafel das richtige Resultat sah, war er verwundert und sagte zum Lehrer: „Aber der Kerl kann ja rechnen!" – „Einer meiner schwächsten Rechner, aber sonst ..."

„Schon gut, ich sehe, das Rechnen klappt!" Und er machte für den Lehrer eine gute Note ins Protokoll. Die Stimmung des Schulgewaltigen schlug überhaupt sichtlich zum Besseren um, und ehe er um 10 ... ging, schraubte er mein Ross und mich nur noch einmal ganz leise und zärtlich an den Ohren und schied dann in Gnaden.

Als um 12 Uhr die Schule aus war, bestieg ich mein Ross und ritt als Sieger heimwärts. Die kleinen Blessuren, die ich erlitten hatte, taten meinem Triumph keinen Eintrag. Ich streichelte mein treues Ross, und als wir ein Stück das Dorf hinauf waren, sangen wir in der Freude unseres Herzens gemeinsam: „Stadtklecker! Stadtklecker!“
Auf einmal – wie wenn wir den Rübezahl gerufen hätten und der fürchterliche Berggeist plötzlich vor uns stünde, tauchte der Schulinspektor aus einem Seitengässchen auf. Wir hatten geglaubt, der Mann sei längst nach der Stadt zurück, und nun war er noch in der evangelischen Schule gewesen und noch im Dorf. Den bösen Geist sehen und vom Pferde fallen war eins. Der Herr Schulinspektor tobte. Da aber viele Feldarbeiter vorbeigingen und schmunzelten, fühlte er, dass er keine günstige Rolle spiele, wenn er sich mit uns beiden in einen Straßenkampf einließe, und herrschte uns also an „Marsch nach der Schule zurück! Dort werdet ihr dem Herrn Lehrer sagen, was ihr getan habt. Er wird euch augenblicklich bestrafen. Ich gehe jetzt hier ins Wirtshaus, um meine Sachen zu holen. In einer Viertelstunde seid ihr vor dem Gasthaus. Wehe euch, wenn ihr meinen Befehl nicht ausführt!“
Wir gingen nach der Schule zurück. Ja, ich muss eingestehen, ich ging zu Fuß; ich ritt nicht. Heimlich schlichen wir nach der Schulstube. Die war ganz leer. Aber der Lehrer bemerkte uns bald. „Was wollt ihr denn noch?“ Da stotterte ich, ich hätte mein Lineal vergessen. Das Lineal war das wichtigste aller meiner Schulutensilien, denn erstens brauchte ich es als Waffe und zweitens fürs Freihandzeichnen. „Gehe nur nach Hause!“, sagte der Lehrer.
Da glaubte ich, wir sollten ihm gehorchen und ihm weiter

keinen Kummer machen, und wir gingen. Meinem Ross war dabei nicht ganz wohl. Aber draußen belehrte ich es über meinen Feldzugsplan, und wir gingen also zum Gasthaus, vor dessen Tür wir ein jämmerliches Geheul anfingen. Ich weinte bitterlich und mein Ross strich sich fortwährend mit seinen Vorderhufen den Bug. Der Herr Schulinspektor kam erschreckt herausgestürzt. „Na, heult nicht so! Ihr macht mir ja das ganze Dorf rebellisch. Der Lehrer hat euch wohl etwas zu stark gezüchtigt?“ – Wir heulten noch lauter. – „Jungens, seid still! Dass er euch so stark bestrafte, wollte ich ja nicht! Na hört doch schon auf mit eurem Geheul. Es sind doch Leute im Gasthaus. Was sollen die sich denn denken?“ Mein Ross schrie förmlich. – Dem Schulinspektor war die Sache furchtbar peinlich; denn er hatte sein Amt erst angetreten und wollte nicht in den Ruf eines Kinderquälers kommen. Da schenkte er uns 10 Pfennige, sagte, wir seien ja sonst nette Kinder, auch fleißig in der Schule, hätten ihm Freude gemacht; da sollten wir also in Zukunft ein höflicheres Straßenbenehmen an den Tag legen, jetzt sofort ruhig nach Hause gehen und uns für die 10 Pfennige was kaufen.

Die 10 Pfennige nahm das Ross in Verwahrung und kaufte am Nachmittag drei Zigarren dafür. Jeder rauchte eine, die dritte rauchten wir zusammen. Wir saßen dabei auf unserem Windmühlberg, sahen nach der Kreisstadt hinüber und sangen aus vollen Lungen: „Stadtklecker! Stadtklecker!“

Paul Keller

Steuer

Wenn so oft an Gott man dächte,
als man an die Steuer denkt,
wär uns, glaub ich, längst zu rechte
Fried und Ruh von Gott geschenkt.

Friedrich von Logau

„Der schlesische Schwan singt"

Wenn der holde Frühling lenzt
und man sich mit Veilchen kränzt,
wenn man sich mit festem Mut
Schnittlauch in das Rührei tut,
kreisen durch des Menschen Säfte
neue ungeahnte Kräfte –
jegliche Verstopfung weicht,
alle Herzen werden leicht,
und das meine fragt sich still:
„Ob mich dies Jahr einer will?"

Auf meinem Gesicht
steht ein Gedicht,
drin ist zu lesen,
wie's stets gewesen!

Friederike Kempner

Die erste Zigarette

Ich kannte einen alten Pfarrer. Hochwürden amtierten in einem oberschlesischen Dorf, stammten jedoch aus dem Rheinlande. Der Vater dieses geistlichen Herrn war Zigarrenfabrikant. Ich berichte das, da ich in diesem Pfarrhause manch gute Zigarre geraucht habe, obwohl ich Zigarettenraucher bin. Ich tat damals Hochwürden den Gefallen, um dem guten Pfarrer auf seine Bitte hin heimatlichen Dunst vorzumachen. Immerhin zählten Hochwürden an die siebzig Lenze und versicherten mir, im Laufe dieser sieben Jahrzehnte weder eine Zigarette noch eine Zigarre geraucht zu haben. Ich glaubte daran, da ich noch niemals einen Pfarrer bei einer Lüge ertappt habe. Ein Hundsfott ist, wer daran zweifelt! –

Es blieb nicht aus, dass wir beide uns gelegentlich über die Schädlichkeit des Nikotins im Tabak unterhalten haben. Untersuchungen wurden nicht angestellt; darum unterblieben auch Publikationen. Dafür machten diese in unserer Zeit weltenumspannend von sich reden. Für uns zählte der alte Florian als überlebendes Beispiel, das mit fast neunzig Jahren dem Teufel Nikotin trotzte. Dem guten Alten schmeckte der stinkende Knaster immer noch, besonders aber sonntags die Zigarre – zwei Stück zu fünfzehn.

Nun quälte ich mich in jenen Jahren mit allem Eifer und hoffentlich auch einigem Gewinn in den Oberklassen oberschlesischer Dorfschulen ab. Ein dem Pfarrer – dem lebenslänglichen Nichtraucher – gegebenes Verspre-

chen, selbst etwas weniger zu rauchen und in dieser Beziehung auf die vor der Schulentlassung stehenden Jungen mit Nachdruck erziehlich einzuwirken, löste ich auf folgende Weise:
Mir selbst erteilte ich großzügig Absolution, obwohl die „fürstlichen" Gehälter jener Zeit sparsamstes Wirtschaften erforderten. Meine Jungen aber sollten über dieses satanische Kraut, das voller Schäden steckt und trotzdem geraucht wird, so informiert werden, dass ihnen Rauchen und Sehen verging.
Um dieses heikle Kapitel etwas schmackhaft zu machen, hieß jeweils der vorletzte Aufsatz: „Meine erste Zigarette". Die letzte schriftliche Arbeit war dann der Lebenslauf. Nun konnte dieser bewusste Aufsatz ohne Namen abgegeben werden. Daneben gestattete ich den Jungen, auch ihre Schrift zu verstellen, um völlig anonym zu bleiben. Eines aber musste diese Arbeit enthalten – die volle Wahrheit nämlich.
Korrekturen sind zwar notwendig, würzen jedoch nicht unbedingt ein Schulmeisterleben. Sie können unter Umständen sogar zur Nervensäge werden. Auf die Durchsicht dieser Aufsätze jedoch freute ich mich stets. Sie legten sich fast ausnahmslos gleich linderndem Balsam auf ein gequältes Schulmeisterherz.
Wenn im mich auch nicht für die wortgetreue Wiedergabe des mir im Gedächtnis verbliebenen Aufsatzes bis in alle Einzelheiten verbürgen kann, so will ich doch meinen, ihn gekürzt noch glaubwürdig rekapitulieren zu können:
Meine erste Zigarette war eine Zigarre, die Vater, da er plötzlich aus dem Haus musste, weggelegt hatte. Sie war noch ziemlich lang, auch noch nicht ganz kalt. Ein Blick

ins Zimmer ringsherum zeigte mir, dass ich allein war. Draußen aber waren wir dann zu dritt: eine halbe Zigarre, eine Schachtel Streichhölzer und ich. Der erste Zug kam in die falsche Röhre. Ich musste husten. Später ging es dann besser. Im Munde lief mir das Wasser zusammen. Auf den Lippen klebte schwarzer Saft. Der Kopf wurde heiß. Der Rauch biss sogar in der Nase. Ich ließ aber nicht locker und rauchte das Ding bis zur Kippe. Dann war es auch die höchste Zeit. Schneller, als im dachte, habe ich mich ergeben. Meiner Mutter fiel auf, dass ich so blass war. Sie sagte: „Du siehst ja wie ein Weißkäse aus!" Als Vater seine angerauchte Zigarre suchte und nicht fand, hatte er zum Glück vergessen, wohin er sie in der Eile gelegt hatte. Heute weiß ich, dass nicht alles, was die Männer machen, gut sein muss. Mehr Kopfzerbrechen habe ich mir nicht gemacht. –
So und ähnlich bekam ich zu lesen, fand meine Freude daran, konnte das dem Pfarrer gegebene Wort einlösen und die nun gesammelten Werke als Fundament nutzen, um darauf meine erziehlichen Maßnahmen aufzubauen. Ich will hoffen, dass sie wenigstens teilweise von Erfolg gekrönt waren. Sonst nämlich geht es meinen ehemaligen Schülern wie mir. Ich rauche – wie kann man so etwas nur machen? – weiter.

Heinz Labus

Zwei alte Schlesierinnen erzählten

Es sind schon viele Jahre her, da bekam ich im alten Forsthause zu Karlsthal hin und wieder Besuch von zwei Schwestern, die mehr als achzig Jahre auf ihrem Lebenswege hinter sich gebracht hatten. An Spätherbsttagen fanden sie sich ein, denn da gab es sonst nichts zu tun und sie konnten ihre stets fleißigen Hände in den Schoß legen. Beide Frauen hatten schmale Gesichter, lebhafte Augen und nahmen noch regsten Anteil an allem, was um sie herum geschah. Große Sauberkeit zeichnete sie aus und selbst an gewöhnlichen Arbeitstagen war die Kleidung immer ordentlich und geflickt. Die Poppin, als die ältere hörte schon ein wenig schlecht, besonders auf dem rechten Ohr und schob deshalb ihr Kopftuch auf die linke Seite, wenn es ans „Teschkerieren" ging. Die Wenzlin aber war noch sehr hellhörig.
Wenn die beiden einige Tassen Bohnenkaffee getrunken und dem Mohnkuchen tüchtig zugesprochen hatten, rückte man an den hohen Kachelofen heran, vor dem ein großer Korb voll prächtiger Buchenscheite stand und nun ging's an das Erzählen. Der Eifer, mit dem die betagten Schwestern berichteten, war köstlich. Eine nahm der anderen geradezu das Wort von den Lippen weg und die Rede „Etz looß mich wieder ang drzählen" wechselte von der Poppin zur Wenzlin und umgekehrt.
So erfuhr ich eines Nachmittags die Begebenheit vom „Eikriechen", was so viel heißt als Eingesperrtsein.

Beide Schwestern entstammten einer kinderreichen, blutarmen Familie. Sie kannten von frühester Kindheit an jegliche Not, was sie aber nicht hinderte, fröhlich ins Leben zu blicken.
Als ganz junge Mädchen arbeiteten sie in einer Kuttelberger Garnbleiche und mussten täglich den Weg von der kleinen Siedlung Eiben, wo sie wohnten, nach der Arbeitsstätte und wieder zurück machen. Eine Freundin war die dritte im Bunde. Den langen Weg verkürzten sie sich durch Absingen zahlreicher Lieder, denn die Sangeskunst pflegten sie mit ihren frischen Stimmen und einem angeborenen musikalischen Gehör eifrig.
Eines milden Sommerabends, man schrieb das Jahr 1866, näherten sich die drei Mädchen auf dem Heimwege einem Erbsenfeld und die saftigen grünen Schoten lockten so sehr, dass die Freundinnen nicht widerstehen konnten. Sie schmausten nach Herzenslust. „Bis totens och bloß aus Gelüst", sagte die Wenzlin, „und steckten nie amol a poor Schoten ei dan Katzer nei." Doch da tauchte auch schon die Amtsperson in Gestalt des Flurwächters auf und zwar so plötzlich wie aus dem Boden gewachsen, dass die drei laut aufschrien. Es half nichts, dass die Geängstigten die „Katzer" umdrehten, auch kümmerte den griesgrämigen Hüter des Gesetzes das Gelüst der Mädchen nichts, er zeigte das Vergehen an. Die Missetäterinnen bekamen eine Vorladung zum Olbersdorfer Amtsgericht und wurden wegen Diebstahls zu einer Geldstrafe oder zu zwei Tagen Arrest verurteilt. Es half kein Bitten und kein Weinen. Das Stillen eines harmlosen Gelüstes wurde in den Akten als unehrliche Handlung festgelegt. Die armen, völlig mittellosen Schwestern konnten nicht einmal im Traume an

die Erbringung des Geldes denken. Ihrer Freundin, die schon einen Liebsten hatte, hätte dieser ausgeholfen, aber es tat ihr um das schöne Geld leid, denn sie sparten jeden Kreuzer für den künftigen Hausstand. Auch war es wohl das Solidaritätsgefühl, das es nicht zugab, die Schwestern im Stiche zu lassen. So zogen die drei gen Olbersdorf und meldeten sich im Gerichtsgebäude zum „Eikriechen". Sie wurden vom „Rastwirt" (Gefängniswärter) in ihre Zelle geführt und dort eingeschlossen. Drei harte Pritschen mit schmutzigen haarigen Decken versehen, luden zur Rast ein. Der wacklige Tisch hatte einen einzigen gleichwertigen Stuhl bei sich und das Fenster wies ein starkes Gitter auf. Die Mädchen verspürten einen großen Hunger, doch da erschien schon ihr Betreuer mit einem Krug Wasser und reichlichem Brot. Bis aufs letzte Krümelchen wurde die Gottesgabe verzehrt. Es begann zu dunkeln und die müden Sünderinnen begaben sich zur Ruhe.

Die Poppin berichtete:" Bir wornten tichtich müde ond sein aa glei eigeschloofen, aber die Luder Flöch lußen ons kä Ruh nie."

Der gute Mond hatte Mitleid mit dem Dreiblatt und lachte durch das Gitter zu den weiblichen Häftlingen herein. Da vergaßen sie ihr Elend und sangen ein Lied um das andere, bis das Mondlicht vom anbrechenden Tag abgelöst wurde.

Als der Rastwirt die Morgensuppe auf den Tisch gestellt hatte, schmunzelte er und sagte: „Weil ihr ei dr Nacht aso schien gesongen hoatt, dürft ihr ein Hof naus ond könnt Kotzen auskloppen!"

Und so geschah es. In dem gut gesicherten Gefängnishof wartete ein ganzer Berg staubiger Decken, gleich denen, die auf den Pritschen in der Zelle lagen. Es begann nun ein emsiges Klopfen, das die Beschäftigten in wahre Wolken von Staub hüllte.

Die Wenzlin sagte: „Dar Dreck wär noch doas Wingste gewast, aber de Flöch!“, und die Poppin fiel ein: „Wie de Arbesen aso gruoß wornten se. Ei dr Erseht ho bir met 'n Zerknitschen oangefangen, aber weil ons de Jauch' bis eis Gewehte gespritzt eis, do lußen bir de Luder hoppen.“

Und die Wenzlin fuhr fort: „Aus dan vergitterten Fanstern glurten och de Sträflinge aso of ons ronder ond mäanten, bir sellten woas singen. Se machten oallerhand Spektakel, na, ja, bir wornten kä gorschtiche Mäadlan!“

Unter frohem Gesang machte die Arbeit rasche Fortschritte und die Decken hingen gesäubert in dem Hof. Auch ein Großteil der Flöhe mag wohl erschrocken das Weite gesucht haben. Eine besonders große Portion Hirsebrei belohnte die Fleißigen. Die zweite Nacht verlief ruhiger und mit der Morgensuppe erfuhren die Mädchen, dass sie wegen guten Betragens vorzeitig nach Hause dürften. Sie sahen sich noch einmal in der Zelle um und lasen den Spruch, den ein armer Sünder an eine der Wände geschrieben haben mochte: „Richter richte recht – denn du bist Gottes Knecht –, wie du hast gerichtet mich – so wird auch Gott einst richten dich!“

Als sie sich dann in der Kanzlei des Direktors abmeldeten, hielt ihnen dieser eine eindringliche Predigt über die üblen Folgen eines jeden Diebstahls. Da war es die Poppin, die energisch meinte: „Gestohlen ho bir nie, Herr Tirekter! Och bloß firsch Gelüst ho bir ons a poor Schoten geflockt.“ Der Direktor bemerkte abwehrend, dass der

Richter wohl gewusst haben dürfte, ob es Diebstahl gewesen war oder nicht. Da trumpfte die Wenzlin mit dem Spruch auf, der an der Wand der Zelle stand und sagte: „Na. vielleicht lässt dar liebe Herrgoot dan Herrn Richter aa erntwu eikriechen, wenn 'r wird gesturben sein."

Doch ganz ohne Hindernis vollzog sich der Heimweg noch nicht. Die Wenzlin erzählte: „Wie bir of hämzu machten, do komen bir ei de Preißen rei, die dozumol durch de Schles zogen." Und die Poppin unterbrach ihre Schwester: „De Preißen wollten ons mitnahmen ond mäanten, doaß se sette hibsche Mäadlan gutt gebrauchen könnten. Wie bir drnochtern richtich ei dr Angst wornten, lußen se ons giehn ond lachten ons tichtich aus."

Die Wenzlin arbeitete noch als sehr alte Frau in den Kulturen im Walde und der seinerzeitige Hoch- und Deutschmeisterische Forstmeister hatte sie ob ihres Fleißes, aber auch wegen ihres Humors, ganz besonders aber wegen ihrer Ehrlichkeit sehr gerne. Er war ein äußerst rechtlicher Beamter und die Holzdiebe hatten nichts zu lachen. Da kramte eine, die der Wenzlin die Huld des Vorgesetzten nicht vergönnte, eine alte Geschichte aus. Als junge Witwe mit einem Häuflein Kinder hatte ein Forstadjunkt dereinst die Wenzlin im Walde mit einer Hacke versehen erwischt. Er zeigte sie wegen Holzdiebstahls an und da sie kein Geld hatte, wurde sie auf einige Stunden eingesperrt. Jenes Vorkommnis lag nun schon fünfzig Jahre zurück.

Der Forstmeister glaubte, dass man die Wenzlin nur verleumden wolle, und ließ sie rufen. Er fragte streng: „Ist es wahr Wenzlin, dass Sie schon einmal eingesperrt waren?"

„Zwämol, Herr Forschtmäster", antwortete die Befragte, „doas erschtemol wegen äaner handvoll Schoten ond doas zwätemol wegen an elendichen Dörrlich, dan ich met 'n Hackla klin gemacht hoatt."

Und nun berichtete sie ausführlich von ihren verjährten Missetaten und ließ es an humorvollen Kommentaren nicht fehlen, sodass sich das strenge Gesicht des Forstmannes zu einem Lächeln verzog. Als dies die Wenzlin bemerkte, sagte sie aufatmend: „Gelln Se Herr Forschtmäster, etze sahn Se's ei, doaß aa a oanständicher Mensch überhandsweilen amol eikriechen koann."

Sophie Mildner

Echte Harmonie

Fehlt dir, o Mensch, die Harmonie
in deinem Innenleben,
so wird dich eine Symphonie
zu reinen Höhen heben.

Aus Sauerkraut besteht sie und
Schweinshaxen, rosig runden,
und war dein Herze noch so wund,
es wird sogleich gesunden.

Otto Julius Bierbaum

Ach, das liebe Leben

Die Freundschaft, die der Wein gemacht,
wirkt, wie der Wein, nur eine Nacht.

Friedrich von Logau

Der Bilderhändler Roman Brimbora

Roman Brimbora sagte sich damals: Die Leute um mich herum haben viel Geld, und ich habe keins, wieso kommt das? Bin ich etwa dümmer als der Fleischermeister Nierobisch, Bäckermeister Pawletta, Gemüsehändler Brylka oder gar der Seifenhändler Kulik? Die stehen alle in blitzblanken Läden hinter blitzblanken Tischen, ihre Frauen tragen blitzblanke Schürzen, und alle fragen sie nur egalweg: „Sie wünschen?" Dann reichen sie das Gewünschte über den Ladentisch, und ihre Mienen besagen: „Wo hast du dafür das Geld hingelegt?" So ist es in der Welt. Arbeiten sie dafür etwa so, wie Roman Brimbora arbeiten musste? Arbeitet der Fleischermeister Nierobisch? Oder der Bäckermeister Pawletta? Der Gemüsehändler Brylka tut überhaupt nichts, und kann man das Arbeit nennen, was der Seifenhändler Kulik tut? Die haben Lehrlinge und Gesellen. Sie selber sind Deputierte, ihre Frauen schleppen Wurst oder Kuchen unter der Schürze zum Pfarrer oder Gemeindeschreiber, die beide auch bloß segnen oder auf Papier kritzeln. Die Arbeit in der Welt wird von Lehrlingen und Gesellen gemacht. Fabriziert Kulik etwa die Seife, die er mit vielen Bücklingen verkauft, hat einer von denen schon vor Ort geschwitzt, im Grubenstollen von achtzig Zentimeter Höhe?

Roman Brimbora wollte nicht länger mehr dumm sein und nur zugucken, wie sich die anderen ihre Taschen füllten. Er wollte es ihnen gleichtun und auch ohne Arbeit Geld verdienen. Aber die Sache ging schief, denn Roman Brimbora war für so etwas Widernatürliches und Spekulantisches nicht geschaffen. Er lebte von einer lächerlich geringen Rente, hatte in den Schächten der Schlesiengrube sein rechtes Auge verloren und mit dem linken sah er seit diesem Unglück auch sehr schlecht. Bei dieser Grubenexplosion wurde ihm ferner das rechte Bein abgerissen. So humpelte er bis zum Knie auf einem Holz herum, die ganze Welt verfluchend samt ihren Kapitalisten, Polizisten und Konzipisten.

Als er eines Tages in der Kneipe das Gespräch findiger Köpfe belauschte, welcher Art Geschäfte sich heutzutage lohnten, wie man leicht zu Geld kommen könnte, nachdem die Kumpels hierzulande durch diese mächtige Schlesiengrube immerhin horrendes Geld verdienten, um sich unentwegt allerlei überflüssige Klamotten anzuschaffen, besprach er die Gelegenheit mit seinem Weib. Sie fuhren in die Stadt. Aus einem Geschäft übernahmen sie an die zwei Dutzend mächtiger Bilder in Kommission, luden alles auf ein kleines Wägelchen, vor welches sie ihren alten Hund spannten, der auf den Namen Affik hörte. Und sie handelten mit diesen Bildern schlecht und recht. Insbesondere bei schönem Wetter, nachdem Roman Brimbora die Temperaturen unter Zuhilfenahme seines Rheumatismus vorauszuberechnen wusste, geschah es, dass er die Objekte seines Handels unweit der Schlesiengrube, entlang einem zerrütteten Zaun, der zu der Schmiede des alten Gruchlik gehörte, in langer Reihe ausstellte, wo alsdann in prächtiger Galerie alle Berühmtheiten unserer Zeit glänzten. Wilhelm der Zweite,

Bismarck, Moltke, unser Kronprinz, auch unser Heiland Jesus Christus, Maria, die Muttergottes, die Apostel Petrus, Paulus und Johannes, die heilige Barbara, Schutzpatronin der Bergleute, mit einem Turm in der Hand, Papst Leo der Dreizehnte, auch andere weltliche, geistliche und himmlische Persönlichkeiten, deren Glanz und Farbenpracht Leute aus der Grube gewiss zum Ankauf reizte.
Soeben wieder war Roman Brimbora mit seinem Hund, dem Wägelchen und seinen Bildern vor der Schmiede angekommen und begann sein Geschäft zu etablieren. Die Sonne frohlockte vom Himmel. Aus den mächtigen Schornsteinen der Grube qualmte es. Aus allen Ecken und Enden dieses industriellen Ungetüms dampfte, zischte und pfiff es, während Roman Brimbora seine Bilderpracht entfaltete, um die eintönige graue Zivilisation und Industrie mit bunten Farben zu beleben. Es dauerte auch nicht lange und die fromme Marianna Miskulka stand vor ihm, grüßte mit „Gelobt sei Jesus Christus", um ihre Absicht kundzutun, einen heiligen Antonius zu kaufen. „Verflucht und zugenäht", schrie der Roman Brimbora. „Gleich am frühen Morgen kommst du mir mit deinem Quatsch. Wo nehme ich den heiligen Antonius her? Ist das so ein wichtiger Heiliger? Gibt es nicht andere Heilige genug? Hier, schau sie dir an!"
Marianna Miskulka blieb während dieser Erregung Roman Brimboras stereotyp. Sie wiederholte ruhig, dass sie den heiligen Antonius von Padua zu kaufen beabsichtige. Diese gelassene Festigkeit Marianna Miskulkas machte den Roman Brimbora nur noch wilder. „Von Padua muss der auch noch sein? Der ist gar nicht so wichtig im Kalender", schrie er, um von Neuem seine übrige Galerie

anzupreisen. Die Miskulka jedoch blieb hartnäckig dabei, dass es der heilige Antonius sei, den sie zu kaufen wünschte, der von Padua und kein anderer. Ihre Hartnäckigkeit brachte den Roman Brimbora immer heftiger aus der Fassung, der um die Pracht seiner Gemälde hin und her stelzte und gockelte, Papst Leo den Dreizehnten zur Hand nahm, ihn der Miskulka vor die Nase haltend und anpreisend nach allen Regeln der Kunst, wozu Marianna Miskulka aber von Neuem ihr schlichtes Nein versicherte. Danach versuchte es Roman Brimbora mit seinen Aposteln, mit Petrus, Paulus und Johannes, schließlich mit der Muttergottes. Aber die Miskulka blieb bei ihrer Verharrung. Sie wollte den heiligen Antonius, den von Padua. „Pjäruna, Marianna, so nimm hier den Heiland. Der ist doch viel mehr als der heilige Antonius! Hast du das nicht in der Schule gelernt?" Er gebrauchte für den heiligen Antonius, den von Padua, ein Prädikat, das nicht wiederzugeben ist. Die Miskulka dagegen betonte es in ihrer sanften Art von Neuem, dass sie den heiligen Antonius wünschte, den von Padua. Der Roman in seiner Verzweiflung und weil er mit der Miskulka unbedingt ins Geschäft zu kommen trachtete, griff jetzt in die Auswahl seiner weltlichen Persönlichkeiten. So packte er den Bismarck an. Ob sie nicht etwa den haben wollte? Am Ende unseren Kaiser? Das wäre doch auch ein schöner Mann, verflucht noch eins! Was sie eigentlich mit ihrem heiligen Antonius wollte. Der hätte weder Bart noch Orden. Diese prächtigen Orden an der Brust unseres Kaisers, wären die nicht ihr Geld schon wert? Marianna Miskulka dagegen blieb bei ihrem Antonius, bei dem von Padua.

Während dieses Geschreis war Gruchlik aus seiner alten

Schmiede getreten. Er stand nun dicht vor dem Roman Brimbora und mischte sich ungehörig in die Debatte: „Hör mal zu, Brimbora! Also, wenn die Miskulka den heiligen Antonius haben will, so kannst du ihr doch nicht andere Sachen aufschwatzen. Der liebe Gott hat der Miskulka einen freien Willen gegeben. Sie kann mit ihrem Geld machen, was sie will."

Der Roman Brimbora starrte den Gruchlik grimmig an. Er hielt Wilhelm den Zweiten in der Hand: „Kümmere du dich um deine alten Hufeisen, du krummer Hund. Den heiligen Antonius hast du gekauft – und bis heut nicht bezahlt." Diesen lapidaren Anwurf des Brimbora konnte der Gruchlik nicht auf sich sitzen lassen und begann furchtbar zu toben. Ob er schon vergessen hätte, dass man das Geld versoff? Er sei niemandem etwas schuldig, am allerwenigsten dem Brimbora, schrie der Gruchlik, während die Miskulka unbeweglich danebenstand. Plötzlich hob der Roman Brimbora das Kaiserbild mit beiden Händen hoch, um es dem Gruchlik über die Ohren zu schlagen, sodass ihm der Goldrahmen samt zersplittertem Glas bis in die Höhe des Bauches durchgeschlagen war. Roman Brimbora und Gruchlik begannen einander unflätig zu beschimpfen, wobei der Gruchlik sich mit vielen Gebärden aus dem Rahmen befreite, den er abstreifte wie alte preußische Militärhosen, um darauf herumzutrampeln. Danach hob er seinen schweren Hammer. den er die ganze Zeit in Schulterlage gehalten, er wollt mit diesem Hammer auf den Roman Brimbora einschlagen, der rasch zur Seite gesprungen war, wofür der Hammer auf das Straßenpflaster donnerte, sodass die Funken nur so sprühten und Affik, der alte Hund vor dem Wagen, derartig erschrak, dass er sich pfeilgeschwind in Bewegung setzte, um mit dem Gefährt um die Ecke fortzupoltern, winselnd und heulend, als wäre der heilige Pjärun hinter ihm her.

Roman Brimbora und der Schmied fanden sich einige Tage später auf dem Amtsgericht ein. Sie waren wegen Majestätsbeleidigung angeklagt. Der Roman Brimbora, weil er das Kaiserbild dem Gruchlik auf den Kopf geschlagen, der Gruchlik, weil er es mir seinem Stiefel zertrampelte. Die Marianna Miskulka war Zeugin. Aber die Marianna sagte nichts gegen die beiden aus. Sie erklärte dem hohen Gerichtshof, dass sie beim Roman Brimbora nur den heiligen Antonius kaufen wollte, den von Padua, und der war leider schon verkauft. Der Roman Brimbora aber wäre ein guter Mensch, so sagte es die Marianna Miskulka, und der Gruchlik wäre nicht minder ein guter Mensch.

Und dann ging Marianna Miskulka aus dem Gericht, in Gottes Namen und in Ewigkeit. Amen.

Nach dem Urteil, das zu gleichen Teilen Brimbora und Gruchlik mit einer Geldstrafe bedachte, reichten sich beide zur Aussöhnung die Hand und gingen einen heben. „Ich gebe mein Geschäft auf“, sprach der Roman Brimbora. „Die Sache bringt nichts ein, nur Ärger. Vielleicht nehmen sie mir auch noch die Rente.“

„Ganz meine Meinung“, sagte der Gruchlik. „Der Mensch hat seinen freien Willen.“ – „Weißt du, Gruchlik, ich bin ein neutraler Mensch. Einen Wagen hab’ ich ja, und ich werde mit Gemüse und Tafelobst handeln.“ – „Ganz meine Meinung“, sprach der Gruchlik. „Der liebe Gott gab dem Menschen einen freien Willen.“

Sie trennten sich. Gruchlik ging in seine Schmiede und schmiedete an den Hufeisen herum, Brimbora fuhr in die Stadt und gab die Bilder zurück. Er begann, mit Gemüse und Tafelobst zu handeln. Das Zeug verfaulte in seinem Wagen, denn kein Mensch wollte Gemüse und Tafelobst kaufen, solange Roman Brimbora es aus seinem Wagen in Massen feilbot. Der Teufel mochte sich in dieser vermaledeiten Kundschaft auskennen, also der Roman Brimbora konnte es nicht. Heute ist die Sache anders, denn heute zahlen sie mehr Rente, und man hat solche Geschäfte nicht mehr nötig. Aber der Roman Brimbora ist schon längst gestorben. Pjäruna, darüber kann man nur feste lachen, sag ich, weiter nichts.

August Scholtis

Stoßgebet eines Verliebten

Amanda, liebstes Kind,
du Brustlatz kalter Herzen,
der Liebe Feuerzeug,
Goldschachtel edler Zier,
der Seufzer Blasebalg,
des Trauerns Löschpapier,
Sandbüchse meiner Pein
und Baumöl meiner Schmerzen,
du Speise meiner Lust,
du Flamme meiner Kerzen.

Du Meisterin zu scherzen,
der Tugend Quodlibet,
Kalender meiner Zeit,
du Andachtsfackelgen,
du Quell der Fröhlichkeit,
der Jungen Honigseim,
des Herzens Marzipan,
und wie man sonsten dich,
mein Kind, beschreiben kann.

Daniel Casper von Lohenstein

Koberle, der Papagei

Den ersten Gruß am Morgen
empfing ich stets von dir,
und Herz und Geist und Seele
lag' in dem Ton zu mir.

Du wirst mir immer fehlen,
stets bange bleibt's nach dir,
du süßer Jakob, Kobusch,
bleibst unvergessen hier.

Seit zweiundzwanzig Jahren,
seit meiner Mutter Tod,
warst du mein treu Gefährte
in Freude, Schmerz und Not!

Du bist nicht fortgewichen
von ihrem Totenbett
und warst dein ganzes Leben
stets geistvoll, klug und nett.

Du wirst mir immer fehlen,
stets bange bleibt's nach dir,
du süßer Jakob, Kobusch,
bleibst unvergessen hier.

Und mehr warst du beweinet,
als mancher Mensch vor dir,
o, Koberle, o Jakob,
bleibst unvergesslich mir.

Friederike Kempner

Der Polterabend

Herab von seiner stolzen Feste
lehnt sich ein Rittersmann,
tief unten aus dem Felsengrunde
schwingt's lautlos sich hinan.

Schwarzbraune Locken auf dem Nacken,
rotsamtnes Prachtgewand,
den erznen Panzer um die Hüfte,
das Visier in der Hand.

So lehnt er an dem Erkerfenster
im hochzeitlichen Schmuck,
was stierst du, Ritter, in die Tiefe,
das Irrlicht zeigt nur Trug!

Ruht Laura nicht im stillen Grabe?
Kein Schatten kehrt zurück,
vergiss die Schuld, zum Hochzeitsmahle
ruft heut' dein froh' Geschick!

Ha, immer stiert er noch herunter
den scharfen Blick hinab.
Das Irrlicht steht an jener Stelle,
wo sie den Tod sich gab.

Sein Grund ist leer, o weh, der Schrecken!
Was singt dort am Gestein?

Was schwingt sich hoch von Fels zu Felsen,
im weißen Heil'genschein?

„Noch grauet nicht dein Hochzeitsmorgen,
noch schaust du nicht dein Glück,
o, harter Ritter, schau' lieb' Laura,
ihr Schatten kehrt zurück!"

Den stolzen Ritter fasst ein Grausen,
als er das Lied gehört,
von Geisterarmen fortgerissen
er in den Abgrund fährt.

Horch da, ein namenloses Poltern
im felsigsten Gestein,
als wenn auf einmal tausend Donner
in's Burgtor schlügen ein.

D'rum soll am Abend vor der Hochzeit
ein Polterabend sein,
denn – heißt es – wo viel Licht und Freude
wagt sich kein Geist hinein.

Friederike Kempner

Weiberzank

Weiberhändel,
die wie bräuchlich unter ihnen stets entstehen,
pflegen endlich auf ein sagen und auf nichts mehr
einzugehn:

Jene sagte dieses neulich / und es sagte jenes die.
Dieses hat sie nicht gesaget / jene sagte solches nie.
Eine sage / dass da sagte diese / jene sagte das /
Nein sie sagte / dass sie sagte dieses nicht / nur sonsten was. –

Auch ich weiß wohl, was sie sagte / weil sie / sagt ihr /
sagen nicht,
was sie sagte / will ich sagen / was sie sagte frei
ans Licht;
eh sie sagte, was sie sagte / eh ich sagte, sagt sie vor /
sagt nur, dass sie solle sagen / was sie sagte mir ins
Ohr.

Andreas Gryphius

Von des Lebens Reimen

Sind meine Reime gleich
nicht alle gut und richtig,
so sind die Leser auch
nicht alle gleich und tüchtig.

Friedrich von Logau

90 Sekunden zu spät

Es kommt selten vor, dass sich schon mit der Geburt eines Kindes etwas Berichtenswertes ereignet. Bei Joseph von Eichendorff war das aber der Fall. Denn in der Winternacht des 10. März 1788 wartete alles auf dem herrschaftlichen Gutshaus von Lubowitz auf den großen Augenblick, in dem ein Kind geboren wurde. Die Konstellation der Planeten erschien günstig.

So standen denn im Schlossgarten ein paar Männer bereit, um den Augenblick der Geburt mit Musik und Böllerschüssen zu feiern. Sie hatten mit der Hebamme, die drin im Herrenhaus ihres Amtes waltete, vereinbart, dass diese mit einem weißen Tuch das ersehnte Signal geben sollte. Hoffentlich war es bald so weit, denn die Kälte war grimmig. Drinnen aber geriet die Hebamme in der verständlichen Aufregung mit den Mägden in Streit und – als sie eine durchlöcherte Windel entdeckte, warf sie diese aus dem Fenster. Das erwartete weiße Tuch – so meinten die draußen. Es wurde von ihnen der erste Böller gelöst. Schon setzte der Tusch der Musik ein. Trompeten schmetterten. Es hallte laut und eigentlich störend durch die Nacht, sodass die Wöchnerin vor Schreck in Ohnmacht fiel. Man rief nach Rieselfläschchen und bei schmetternder Musik kam schließlich das Kind zur Welt, das später als der romantische Dichter Joseph von Eichendorff einen bleibenden Platz in der deutschen Literatur einnehmen sollte.

Gerhard Eckert

Eichendorffs Oderfahrt

Um von Breslau nach Berlin zu kommen, entschlossen sich die beiden Eichendorff-Brüder zu einer Schiffsfahrt auf der Oder – es war das Jahr 1809, und Joseph war 21 Jahre alt. Als die am 9. November begonnene Fahrt nach einigen abenteuerlichen Tagen durch Kälte- und Schnee-einbruch beendet werden musste, suchten beide ein Bauernhaus in Odernähe auf. „Hier, wo in einer großen Stube Schweine, Enten und Kinder auf dem Fußboden durcheinanderwimmelten, wo gebacken, gebuttert etc. wurde, wo die lustigen Bauernweiber mancherlei Scherze trieben, eine derbe Matrone ihr Kind säugte, spielten wir wieder Lombre, verzehrten zur Nacht eine ungeheure Schüssel Kraut mit Eiern, unterhielten uns bei einer Pfeif' Tabak, mit der ganzen Familie an der Ofenbank ums Kaminfeuer postiert, und streckten uns endlich schon um 8 Uhr auf eine Streue, auf der wir eine entsetzliche schlaflose Nacht zubrachten. Denn erstens weckte uns der protestantisch misstönenende Abendgesang, den die Familie hielt (die Wirtin im Hemd) und die übrige Nacht lärmten die Kinder unausgesetzt fort. Nachdem Katzen, eine ganze Familie Hühner und dergleichen über mich wegspaziert waren, stand ich wenig erfrischt auf und gen 9 Uhr fuhren wir ab …"

Gerhard Eckert

Vergnügen des oberschlesischen Adels in alter Zeit

Die große Einförmigkeit auf den Adelssitzen wurde nur durch häufige Jagden, die gewöhnlich mit ungeheurem Lärm, Freudenschüssen und abenteuerlichen Jägerlügen endigten, sowie durch unvermeidlichen Fahrten zu gegenseitigem, häufigem Besuch und zum Jahrmarkt der nächsten Landstadt unterbrochen. Diese waren seltsam genug und könnten sich jetzt wohl in einem Karnevalszuge mit Glück sehen lassen.
Am liebenswürdigsten aber waren diese Edelleute unstreitig auf ihren Winterbällen, die die Nachbarn auf ihren verschneiten Landsitzen wechselweise einander ausrichteten. Hier zeigte es sich, wie wenig Apparat zur Lust gehört, die überall am liebsten improvisiert sein will und jetzt so häufig von lauter Anstalten dazu erdrückt wird. Das größte, schnell ausgeräumte Wohnzimmer mit oft bedrohlich elastischem Fußboden stellte den Saal dar, der Schulmeister mit seiner Bande das Orchester, wenige Lichter in den verschiedenartigsten Leuchtern warfen eine ungewisse Dämmerung in die entfernteren Winkel umher und über die Gruppe von Verwalter- und Jägerfrauen, die in der offenen Nebentüre Kopf an Kopf dem Tanze der „Herrschaften" ehrerbietig zusahen. Desto strahlender aber leuchteten die frischen Augen der vergnügten Landfräuleins, die beständig untereinander etwas zu flüstern, zu lachen und zu meckern hatten. Man

konnte sie füglich mit jungen Kätzchen vergleichen, die sorglos in wilden und doch graziös anmutigen Sprüngen und Windungen im Sonnenschein spielen. Denn hübsch waren sie meist, bis auf wenige dunkelrote Exemplare, die in ihrem knappen Festkleid wie Päonien von allzu massiver Gesundheit strotzten. Der Ball wurde jederzeit noch mit dem herkömmlichen Initialschnörkel, einem ziemlich ungeschickt ausgeführten Menuett, eröffnet und gleichsam parodisch mit dem geraden Gegenteil, dem tollen „Kehraus", beschlossen. Ein besonders gut geschultes Paar gab wohl auch zum Besten, wo nur ein Herr und eine Dame ohne alle Touren, sie in heiter zierlichen Bewegungen, er mit grotesker Kühnheit, abwechselnd gegeneinandertanzten. Überhaupt wurde damals, weil mit Leib und Seele, noch mit einer gewissen Aufopferung und Kunstbeflissenheit getanzt, gegen die das heutige vornehme Schlendern ein ermüdendes Bild allgemeiner Blasiertheit darbietet. Dabei schwirrten die Geigen und schmetterten die Trompeten und klirrten unaufhörlich die Gläser im Nebengemach; ja zuweilen, wenn der Punsch stark genug gewesen, stürzten selbst die alten Herren, zum sichtbaren Verdruss ihrer Ehefrauen, sich mit forcierter Gelenkigkeit mit in den Tanz; es war eine wahrhaft ansteckende Lustigkeit. Und zuletzt dann noch auf der nächtlichen Heimfahrt durch die gespensterhafte Stille der Winterlandschaft unter dem klaren Sternenhimmel das selige Nachträumen der schönen Kinder.

Joseph von Eichendorff

Ratschlag

Viel Essen macht viel breiter
und hilft zum Himmel nicht,
es kracht die Himmelsleiter,
kommt so ein schwerer Wicht.

Das Trinken ist gescheiter,
das schmeckt schon nach Idee,
da braucht man keine Leiter,
das geht gleich in die Höh.

Joseph von Eichendorff

An a Goethe

Du hust mersch vergünnt und do stell' ich mich ei,
und lae der mei Büchel zu Füßen;
's sein a por Hamveln Liedel derbei,
jedwedes wil dihch begrüßen.
Se klingen wul fremde, du wirscht se verstiehn,
denn weil se, dass se vum Härzen giehn.

A jeder där singt, wie's im juste kümmt,
jedes Land hot ooch seine Kaleere;
wu oder ock eener de Urgel stimmt,
do fefft se zu deiner Ehre;
wer deinen Ruhm zu verwüsten gedenkt,
der hot sich sälber an's Fiebicht gehenkt.

Und wenn ber alle vergässen sein,
samt ünsen mühsaelijen Werken,
do wern se vun deinem Sunneschein
de rechte Wärmde irscht merken.
Do wern se sprechen: Ihr andern schreibt,
ihr müsst vergiehn und der Goethe bleibt.

Su bleibe, bleibe du grußer Man
und siech der von deiner Hiehe
de andern Leute freundlich an,
do drunden, wu ich ooch stiehe;
und Got derhalt der a guden Mutt –
du ader, bleib mer a brinkel gutt!

Karl von Holtei

Faust

O Faust, du Bild des Menschen,
bald groß und klar, bald düster wild:
Wer dich gemalt, er war an Kunst ein Riese,
gigantisch war der Stoff, und nett gelang das Bild!

Friederike Kempner

Audienz in Weimar

Weimar! – Er!

Ohne Empfehlung, ohne Anhaltspunkt, ein ihm kaum bekannter Name, darfst Du es wagen? ... Ich hütete mich wohl, meine Gedanken laut zu denken; ich brummte sie in mich hinein, ließ mir vom Wirte Papier geben, schrieb, – ich weiß nicht was? – an des Herrn Geheimrats von Goethe Excellenz, bat als Durchreisender um eine Anschauungs-Audienz, gab dieses Brieflein dem Lohnbedienten ... und wir gingen zu Tische. Die Schweizerinnen weinten in ihre Suppe wegen ihrer bald bevorstehenden Trennung; wir scherzten und lachten dazwischen, mir aber war nicht lächerlich ums Herz, denn ich erwartete mit klopfender Brust die Wiederkehr des Lohnbedienten. Je länger dieser ausblieb, desto höher stieg meine Spannung, und die Reisegefährten staunten mich, den ungewöhnlich Schweigsamen, fragend an.

Zapfe kam, ich blickte nach seinen Händen, die, ach!, keinen Brief für mich hielten. Er aber legte sich sanft lächelnd an meinen Stuhl und sagte leise, doch den Umsitzenden vernehmbar: „Der Herr Geheimrat erwarten Sie morgen nach 11 Uhr." Morgen! Und bereits hörten wir im Hausflur den schallenden Hufschlag der Pferde, die zur Weiterreise hinausgeführt wurden. Nun blieb keine Wahl. Ich bezahlte den Kutscher, ließ mein Gepäck abladen, nahm ein Zimmer, und – es war geschehen! Bis dahin hatte ich nicht daran gedacht, dass ich es wagen dürfe und werde, mich zu Goethe zu drängen. Ein Zufall hatte mich jene meldende Anfrage schreiben lassen. Nun saß ich fest und befand mich in der tödlichsten Angst. Wie gern wäre ich dem Wagen gefolgt, als sie abfuhren! Ich blickte ihnen mit Sehnsucht nach. Und während Herr Oppenheim seine Angelegenheiten zu besorgen, Empfehlungsbriefe abzutragen anfing, saß ich nachdenklich und niedergeschlagen in der finsteren Wirtsstube des Gasthauses zum „Elefanten", der alte Besitzer, Herr *Schwanitz*, mit mir.

Wer kannte ihn nicht? Wer kannte sie nicht, die räucherige, durch einen hölzernen Pfahl in ihrer Mitte zur ländlichen Schenke gestempelte Stube? An mir gingen im wachen Traume die Bilder derjenigen vorüber, die seit einer langen Reihe von Jahren hier eingekehrt, *alle* in der Absicht, alle in der Hoffnung, *ihn* zu sehen, den Einzigen, Gewaltigen, diesen Herrscher im Reiche der Geister! Es ist ungeheuer, sich in die Macht zu denken, die er ausgeübt, länger als ein halbes Jahrhundert hindurch, auf jeden deutschen Geist, auf jedes deutsche Gemüt! Und wie? Warum nur *Deutsche*? Haben in jenem Gastzimmer nicht würdige Repräsentanten der verschiedensten kultivierten Nationen gelauscht und geharrt, bis ihnen die Kunde ward, dass sie sich dem Ersehnten nahen dürften? Der alte Schwanitz müsste ein Maler gewesen sein! Aber ein Seelenmaler! Und dann, die Galerie jener Harrenden ... Besorgnis, freudige Erwartung, Übermut, Arroganz, selbstzufriedene Eitelkeit, bescheidenes Verzagen, Heuchelei, Liebe, Entzücken ... das gäbe eine Musterkarte von inneren Zuständen! So dachte ich mir nun, was ich morgen sagen wollte oder was ich erwidern sollte oder wie ich beginnen müsste, wenn er schwiege, und so wäre ich vor lauter Gedanken ein Narr geworden, hätte sich nicht die Tür geöffnet, um Professor D. L. B. *Wolff* einzulassen, den ich aus Hamburg kannte, den ich aber nicht in Weimar vermutete. Er wusste mir mancherlei zu erzählen und weihte mich gewissermaßen in den Zauberkreis ein, den ich morgen betreten sollte. Und ich war mit vielem, was er mir erzählte, gar nicht zufrieden; noch weniger mit der Art und Weise seines Vortrages. Er sprach, indem er von jenem Hause „auf dem Plan" redete, wie von einem Hause, in welchem *Menschen* wohnen; schilderte ihre häuslichen Verhältnisse, den Konflikt ihrer irdischen Naturen mit der Wirklichkeit, ihrer Stellung zu Weimar! ... Das war mir nicht recht. Wie ich an jenem Nachmittag gestimmt war, hätte mich nur eine homerische Schilderung großartigen Götterlebens befriedigen können.

[...] Ich brachte einen garstigen Abend auf meinem Zimmer zu, und jene Erwartungen für den andern Tag waren genugsam herabgestimmt worden, um mich wenigstens ruhig schlafen zu lassen. – Der Morgen brach an, aber er wollte nicht vergehen. Die Langeweile der Ungeduld machte ihn für mich zu einem Jahre. Während ich nun mit mir selbst kapitulierte, wie ich mich bei Goethe einführen und wie ich am besten vermeiden könnte, eine gar zu alberne Figur zu machen, erinnerte ich mich plötzlich, dass ich ihm schon früher einige meiner versifizierten Versuche zugesendet und dass er mir durch unsern Wolff, sein ehemaliges theatralisches Schoßkind, einige majestätisch-huldreiche Floskeln über das kleine Versspiel „die Farben" hatte zustellen lassen. Er hatte, von meinen Arbeiten mit jenem redend, den bezeichnenden

Ausdruck gebraucht: Dieser Mensch ist so eine Art von Improvisator auf dem Papier; es scheint ihm sehr leicht zu werden, aber er sollte sich's nicht so leicht machen! Vielleicht dachte ich, gibt das den Anknüpfungspunkt für ein Gespräch, denn meine Angst, dass er nicht reden werde, man hatte mir in Weimar zugeflüstert, er gäbe bisweilen, wenn er übler Laune sei, dergleichen stumme Audienzen, war fürchterlich. Und mit dieser Angst machte ich mich fünf Minuten vor 11 Uhr in Gottes Namen auf den Weg – eigentlich in mir selbst noch nicht ganz sicher, ob ich nicht schleunigst umkehren, mich krankmelden lassen und mit Extrapost abreisen solle.

Es schlug 11 Uhr, als ich im Empfangszimmer stand, und ich blieb, nachdem der Diener mich hineingeschoben, einige Minuten mir selbst überlassen, die schlechteste Gesellschaft, in der ich bleiben konnte, denn ich fühlte mich von einem Moment zum andern immer dümmer werden. Jede Spur von Begeisterung erlosch, die feierliche Rührung, die ich vorher empfunden bei dem bloßen Gedanken, dass ich den Dichter des Götz, der Iphigenia, des Wilhelm Meister von Angesicht sehen würde, machte bornierter Verlegenheit Raum; mir war, als hätte ich Geschäfte bei einem wirklichen Geheimen Oberregierungsrate im Departement der außerordentlichen Steuern und Abgaben.

„Nun, so ist es mir denn lieb, dass ich Sie auch einmal zu sehen bekomme!" Mit diesen Worten trat er ein und nahm, nachdem er mich zum Sitzen genötigt, neben mir Platz.

Verbindliche und möglichst schön gestellte Redensarten von meiner Seite schienen keinen Eindruck zu machen; wenigstens lockten sie keine Erwiderung hervor. Er führte den in irgendeinem Wohlgeruch gebadeten Zipfel seines weißen Tuches von Zeit zu Zeit an die Nase und ließ mich sprechen. Drei- oder viermal erneute ich den Angriff, immer prallte ich wie von einer steinernen Mauer wieder ab. Je geistreicher ich zu sein mir Mühe gab, desto abgeschmackter mag ich ihm wohl geschienen haben, denn es dämmerte in mir selbst so etwas vom Bewusstsein eigener Gebrechlichkeit auf. Ein guter Geist gab mir die Erinnerung ein, dass ich in Paris den Duval'schen „Tasso" spielen sehen, den machte ich zu meinem Zauberstabe – und siehe da, der Fels gab Wasser. „Aus Paris kommen Sie? Und was machen unsere Freunde, die Globisten?" (Mitarbeiter an dem Journal *„le globe"*.) – Auf diese Frage wusste ich freilich verzweifelt wenig zu antworten, aber da sie andere Fragen erzeugte, in deren Beantwortung ich besser bestand, so kam doch bald einiges Leben in die einsame Stunde. Ich fühlte wieder Grund und Boden unter meinen Füßen. Je mehr ich mich gehen ließ, meinem natürlichen Wesen getreu, ohne weitere Ansprüche auf zarten Ausdruck, desto lebendiger wurde der alte Herr. Einige Male tat er, als ob er lachen wollte; und als ich ihm erzählte, dass ein französischer Kritiker nach Aufführung des Duval'schen Tasso geschrieben hätte: *„Monsieur Alexandre Duval, en estropiant le Tasse de Schiller"*, da lachte er wirklich. So wurde denn aus den zehn Minuten, die ich mir als längste Audienzfrist geträumt hatte, eine rasch genug durchplauderte Stunde. Als es zwölf Uhr schlug, erhob er sich und sprach: „Wenn der Prophet nicht zum Berge kommt, so muss der Berg zum Propheten kommen; da ich nicht mehr zu Hofe gehe, so erweisen die höchsten Herrschaften *mir* die Gnade; – also will es sich ziemen, dieselben zu empfangen!“ Dabei gab er mir ein Entlassungszeichen, welches ich, da ich nun erst in Zug gekommen war und gern noch weitergeplaudert hätte, wahrscheinlich mit sehr unzufriedener oder betrübter Miene aufnahm. Als ich schon an der Ausgangstür stand, rief er, als ob er bemerkt hätte, wie schwer mir das Scheiden wurde, mich noch einmal zurück und sagte: „Wollen Sie mit uns speisen, so werden Sie um 2 Uhr willkommen sein!“

Wie ein Abiturient, dem der Gymnasialdirektor zugeflüstert hat, dass er Nummer I mit Auszeichnung bekommen werde, so vergnügt sprang ich über die Schwelle der Haustür, den bunten Teppich, welcher bereits den Prinzessinnen zu Ehren dort ausgebreitet lag, kaum berührend, und als ich die mit Isabellen bespannte Hofkarosse um die Ecke biegen sah, grüßte ich so verklärt, triumphierend und Hut schwenkend in den Wagen hinein, dass die darinsitzenden Hoheiten mich zweifelsohne für einen Narren gehalten haben.

Goethes Schwiegertochter, Ottilie, war unpässlich; statt ihrer erschien deren Schwester, Fräulein Ulrike von Pogwisch bei Tafel. Außer August von Goethe waren noch ein paar Herren zugegen, meines Bedünkens der Kanzler *von Müller* und Professor *Riemer*. Der Alte sprach viel und trank nicht wenig. Die Unterhaltung war lebhaft, ungezwungen und ohne Prätension. Das Dessert stand noch nicht auf dem Tische, als ich mich schon vollkommen eingebürgert sah. Ich redete, was mir in den Sinn kam, ohne Bedenken, ob es in Goethes Kram taugte oder nicht. Gegen Ende der Tafel traten die „Enkel“, Walther und Wolf, zwei muntere Knaben, ein und gaben, vom Großvater aufgemuntert, allerlei Schwanke zum Besten. Unter andern sangen sie auch einige Lieder aus meinen auf der Bühne gegebenen Stücken. Der Alte sagte dann, indem er ihnen Näschereien reichte: „Nun, seht Euch einmal diesen Mann an; das ist der, welcher das dumme Zeug gemacht hat!"

Karl von Holtei

Ob auch

Ob auch Köter bellen
und mir Fallen stellen,
ich kümmre mich drum nicht
und mach ein hübsch Gesicht.

Friederike Kempner

Das Ölblatt

Der Ölbaum blüht,
zum Ölblatt zieht
der Schmetterling.

O Schmetterling,
für dich kein Ding
das Ölblatt ist.

Dem Heldenhaupt
zum Schmuck geraubt
das Ölblatt wird.

Für Dichter auch
als Weiherauch
ist's in Gebrauch.

Friederike Kempner

Pater Pauls Zauberhut

Durch Jahrzehnte war Brosch Max in Freudenthal der anerkannte und beliebte Lokalkomiker, -sänger und -zauberer, der den Freudenthalern und unzähligen auswärtigen Landsleuten viele heitere Darbietungen verschaffte. Er war den 26.7.1872 geboren und ist den 11.6.1936 gestorben. Sein Vater war der Brosch. Max hatte bei Ignatz Hartwig in Freudenthal Schriftsetzer gelernt. Als der Meister August Thiel der Buchdruckerei W. Krommer in Freudenthal gestorben war, trat Brosch Max an seine Stelle. Er wurde nun mein Meister. Es war gegen die Mitte der Neunzigerjahre des vergangenen Jahrhunderts. Da er im Beruf sich nicht wohlfühlte, lernte er die Lichtbildnerei – und ich mit ihm. Lumière hatte er noch nicht ganz studiert. Von einer der ersten Aufnahmen wollte er die Platte rasch trocknen und stellte sie an die Sonne. Als er nachschaute, wie weit die Platte schon getrocknet sei, war er schwer enttäuscht, denn die Emulsion hatte sich verflüchtigt und die leere Glasplatte spiegelte sein langes Gesicht. Brosch war Mitglied des Katholischen Gesellenvereins, dem damals P. Johannes Langebner, P. Georg, P. Wilhelm u. a. angehörten. Später auch P. Paul Heider, der nachmalige Hochmeister des Deutschen Ordens. Das Vereinsheim befand sich im Plischkehaus (letzter Besitzer Karl Kluger) in der Neuen Welt. Das Theater war in der alten Weberstube eingerichtet; die Bühne nur schmal, der Zuschauerraum sehr beschränkt. An der Bühne gab es kein Gehäuse für den „Kastengeist“, dieser

hatte seinen Platz zwischen der ersten und zweiten Kulisse rechts vom Zuschauer. Um für den Verein Mitglieder und Freunde zu gewinnen wurde Theater gespielt, auch lustige Unterhaltungen veranstaltet. Brosch war meist die Seele der Veranstaltungen. Ich sehe erinnernd ihn noch in den „Räubern auf Maria Kulm“, im „Zigeuner“ und anderen Stücken. Seine Rollen lernte er nur oberflächlich, umso mehr wusste er aus dem Stegreif zu sagen. Dadurch brachte er seine Mitspieler oft in Verlegenheit, am meisten natürlich den Einsager, die Schweinsblase für „schlechte Schwimmer“. Der Einsager litt an der hinfallenden Krankheit. In einer „Zigeuner“-Aufführung, in der Brosch gerade auf Hochtour war, saß der „Pfeiler an Thaliens Tempel“ an Ort und Stelle. Plötzlich bekam er einen Anfall und stürzte der Länge nach auf die Bühne. Das Textbuch lag zugeklappt abseits. Der Ersatzeinsager konnte den Anschluß nicht gleich linden. Nach längerer Pause gelang es, das Stück zu Ende zu führen.
Brosch hat sich auch als „Dichter“ versucht, hauptsächlich als Gelegenheitsdichter. Die Tischgesellschaft „Eintracht“, Junge Gehilfen, Musterzeichner, Privatbeamte und der Junge aus dem „Schlosshotel“, wo damals deren Sitz war, hatten in Neu-Erbersdorf bei Ojeser ein Schweineschlachtfest veranstaltet. Dazu lieferte Brosch sein erstes Festgedicht. Es schloss mit den Worten:
„Ech man, ’s tet ganz gut passen,
Dass Junggeselle a Jungfrau frass’n.“
Als Coupletsänger sang er meistens Couplets der Wiener, bevorzugt mit Lokalstrophen, wie z. B. zu dem Lied „Zur Genesung“:
„Das Neu’ste in Freudenthal ist, hörn S’ nur,

Das Plaster kriegt jetzt a Reparatur,
Der Schwarzbach wird nächstens fein einparfumiert,
Dass man von sein Grücherl fast gar nix mehr spürt."
Die Zuhörer riefen: „Zur Genesung!" und Brosch sang weiter:
„Dank schön, das wär' wunderbar,
Aber leider is net wahr!"
Als Zauberer bot er viele Kunststückeln. Ich nenne nur einige, zu denen er Behelfe vom „Zauber-Klingel" in Wien bezogen hatte. „Der Kartensteiger": Brosch ließ aus einem Spiel Karten von drei verschiedenen Personen je eine Karte ziehen, die sie sich merken mussten. Er mischte sie in das Spiel, ohne deren Bild gesehen zu haben und steckte es in ein gewöhnliches Trinkglas. Nachdem er den gespannten Zuhörern etwas vorgemacht, d. h. erzählt hatte, ersuchte er die Kartenzieherinnen und Kartenzieher, sie mögen der von ihnen gezogenen Karte kommandieren, dass sie aus dem Spiel heraussteige. Zweimal gelang es. Die dritte Karte folgte dem Kommando der Dame nicht, die nach mehrmaligen Versuchen in einige Verlegenheit kam. Brosch griff ein und fragte die Dame, um was für eine Karte es sich handle. Verschämt sagte die Dame: „Den Herzkönig." Da riet Brosch der Dame: „Ja, das ist freilich was anderes. Sie müssen den König als Majestät ansprechen und ihn ehrerbietigst bitten, sich aus dem Glase zu bemühen." Als das geschehen war, stieg Majestät feierlich unter dem Jubel der Zuschauer empor. Das heißt, ich zog den von einem Seidenfaden gehobenen König aus dem Glase.
Ein anderes Zauberstück war das Verzaubern eines Damenfingerringes. Aus dem schwarzen Zaubertuch war

der Ring verschwunden. Alles wurde nach ihm durchsucht, sogar Herren, die neben der Dame saßen, natürlich ohne sie zu beleidigen. Um die Zeit mit dem Suchen zu verkürzen, lud Brosch die Dame auf die Bühne, wo er ihr als Besonderheit aus einer Flasche dreierlei Liköre kredenzte. Dann brach er die Flasche auseinander und darin war am Halse eines Kanarienvögelchens der Ring. Alle waren verblüfft.
Noch eins: Brosch zauberte aus eines Zuschauers Ärmel, aus Rocktaschen usw. allerlei hervor. Dann ließ er sich vom Wandrechen den Steifhut, genannt Halbkracher, des Paters Paul Heider reichen. Mit dem Zauberstab rührte er in dem Hut zum Beweis, dass sich nichts darin befinde. Brosch begab sich mit dem Hut auf die Bühne und zauberte aus ihm Kinderhäuberln, Kinderjackerl, Kinderhöschen (Damen-„Höschen" waren damals nicht dazu zu brauchen und Schlüpfer und Büstenhalter gab es damals noch nicht), ferner viele Meter lange Wickelbänder, Barterln und einen hohen Berg Papierstreifen hervor, und erzählte, und erzählte, denn die größte Überraschung sollte noch kommen. Immer wieder gab Brosch seinem Famulus das verabredete Zeichen, dass der höchste Augenblick des Hervorkommens eines wohlgenährten Kaninchens aus dem Papierhaufen gekommen sei. Dem Zauberkünstler lief schon der Schweiß über das Gesicht. Endlich, endlich war das Kunststück gelungen. Broschens Famulus – der Schreiber dieser Erlebnisse und anderer auf dem gleichen Gebiete – war mit dem Kaninchen, welches das Rampenlicht scheute, unter den sehr niedrigen Bühnenraum und zwischen den Böcken, die wie bei den Marktstandeln eingebaut waren, bis zu dem

Ausschnitt im Bühnenfußboden gekrochen. Das kleine Stümpchen Kerze erhellte die Dunkelheit nicht sehr; da öffnete jemand eine Tür und durch den Luftzug verlöschte das Funzerl. Nun musste ich den Fußbodenausschnitt im Finstern suchen und das Brett wegnehmen. In diesem Augenblick entglitt das wie wild strampelnde Kaninchen meiner Hand und es begann der „Wettlauf" mit dem „Karnikel". Und Brosch redete und redete, was, das wusste er selbst nicht mehr. Da ich allein in der Finsternis mit dem Tier herumkrabbelte und „Gefangenes" spielte, dauerte es eben eine hübsche Weile, bis ich das Tier zufällig erwischte. Als Brosch das Kaninchen hochzog, brach ein donnernder Beifall los. Dass ausgerechnet aus Pater Pauls Hut so viel „interessante" Sachen hervorkamen, erweckte stürmische Heiterkeit. Wohl am meisten gelacht hat Pater Paul.

Zum Schluss noch Broschens Zirkusdrama. Der Freudenthaler Radfahrerverein spielte bei „Amerika" Zirkus. Es war ein großes Fest. In der Manege hat sich allerhand getan. Brosch hatte schon wochenlang in der Setzerei verschiedene Weisen auf mühsam abgestimmten Weinflaschen geprobt. Und ich kann bestätigen, dass es geklappt hat. Zwei übermütige Clowns brachten den Ständer mit den Flaschen in die Manege. Brosch verbeugte sich als Flaschenspieler mit der gebotenen Würde. Plötzlich und ungewollt ließ ein Clown in seinem Spektakel den Ständer seinen Händen entgleiten, eine Seite des Ständers legte sich nach vom, die andere nach hinten, und das Ergebnis: Alle Flaschen waren zerschellt. Der Meistermusikus war erschüttert und mutlos, da alle seine große Mühe umsonst war. Unter dem Brüllen der Zuschauer ging er aus der Manege. Das Bedauerliche für ihn war die laute Meinung gewisser Spötter: Brosch habe nichts gekonnt und auf diese Weise das Spiel so ausgehen lassen.

Sein Zauberspiel mit „Aga, der frei schwebenden Dame“, das er mit den jungen Neissergaßlern aufführte, habe ich leider nicht gesehen, weil ich fern der Heimat war. Es wurde aber jahrlang davon gesprochen.

Alles ist schon lange her. Aber so ausgefallene Begebenheiten vergisst man nicht.

Erwin Weiser

Wallenstein

O Wallenstein, du eigner Held,
bewundert viel, begeifert von der Welt,
im Tode doch blüht dir ein Glück:
Von Schillers Hand das hübsche Stück!

Friederike Kempner

Vom Glauben des Lebens

Luthrisch, päpstisch und calvinisch,
diese Glauben alle drei
sind vorhanden; doch ist Zweifel,
wo das Christentum dann sei.

Friedrich von Logau

Frumme Wünsche

Und vum Uckse de Kraft.
Und vum Sperrlich a Saft,
Und vum Marder a Zahn,
Und do waer' ihch a Man!

Annen Bart wie a Buck,
Und an'n Zippelpelzruck,
Wie a Zeiske su grien
Und do waer' ihch wul schien!

Und de Nase vum Fuchs,
Und de Oogen vum Luchs,
Und de Beene vum Faerd,
Und do waer' ihch was waert!

Wie a Löwe an Mutt,
Wie a Bählamm su gutt,
Und su flink wie a Querl
Und do waer' ihch a Kerl!

Wie a Hirsch nie nich matt,
Wie a Schlammpeissker glatt,
Wie Scholastern gescheit,
Und da käm' ich wul weit.

Karl von Holtei

Der Kardinal, der Zugschaffner und ich

Noch ein Reiseerlebnis

Ich fuhr einmal, es mochte 1911 gewesen sein, von Berlin nach Breslau. Als der Schaffner meine Fahrkarte im Abteil kontrollierte, musterte er mich dabei, drehte sich im Gehen nochmals um, musterte mich abermals und schloss vom Gang aus die Abteiltür mit einem leichten Achselzucken.

Nicht lange danach ging er wieder an meinem Abteil vorbei, schaute erneut prüfend herein. Als ich später durch den Gang mich zum Speisewagen begab, begegnete ich ihm erneut und wieder musterte er mich. Ich musste denken, der Mann hält mich wohl für einen steckbrieflich gesuchten Verbrecher. Jedenfalls aber fühlte ich mich ob so aufmerksamer Beachtung sehr geschmeichelt. Kurz bevor der Zug in Breslau einfuhr, ich schon mit Mantel und Hut im Gang stand, da kam der Schaffner auf mich zu und rief:

„Also, Sie sind's doch!"

Ach, dachte ich, jetzt hat er dich.

„Der Herr Paul Keller!"

„Ja, der bin ich allerdings."

„Ja", sagte er, „schon seit Berlin habe ich Sie immer wieder beobachet."

„Das hab' ich gemerkt."

„Wirklich? Ach, sehen Sie, erst jetzt, nachdem Sie einen Hut aufhaben, war ich sicher, dass Sie's sind."
„Woher kennen Sie mich denn überhaupt?", fragte ich verwundert.
Und nur wurde der Mann beinahe feierlich und seine Miene drückte großen Stolz aus, versuchte dabei aber, seiner Stimme einen gezwungenen Ton zu geben:
„Der Kardinal Kopp hat Sie mir einmal gezeigt."
„Der Kardinal Kopp?" Ich staunte und musste lachen. „Sind Sie denn mit dem Kardinal befreundet?"
„Befreundet", erwiderte er, „sei zu viel gesagt. Die Sache wäre so gewesen: Ich sei einmal aus dem Berliner D-Zug in Liegnitz gestiegen, und da sei er gerade im Abteil des Herrn Kardinal gewesen. Der Kardinal habe auf den Bahnsteig gezeigt und gesagt, sehen Sie mal, der Herr, der dort geht, ist der Schriftsteller Paul Keller. Und er hätte geantwortet, ja, Eminenz, von dem habe ich mir auch schon eine Geschichte gekauft. Das hätte den Kardinal gefreut."
Ich sagte, ich freue mich auch, erstens über ihn und dann über den Kardinal. Aber so eine „Geschichte" sei doch nicht gerade billig. Er solle doch ein andermal lieber an mich schreiben, ich würde ihm ein Buch, das er haben wollte, gern schenken.
Da aber wehrte er stolz ab. Deswegen habe er die Geschichte nicht erzählt, sondern des Kardinals wegen, der mich damals sofort erkannt hätte, er selbst aber erst dann mit Sicherheit, da ich einen Hut aufhätte.
„Nun", erwiderte ich lachend, „dann werde ich das nächste Mal den Hut schon in Berlin aufsetzen!"
Darauf lachte auch er, und wir schüttelten uns die Hände.

Paul Keller

Die Apostelfürsten auf Reisen

Es war vor Jahrzehnten. In München fand das Deutsche Turnerfest statt. Die Eisenbahn ließ die Teilnehmer an dieser Veranstaltung für einen Kupferpfennig pro Kilometer nach München fahren.
Peter und Paul, zwei unzertrennliche Freunde, in ihrem Bekanntenkreis die Apostelfürsten genannt, hörten von dieser einmaligen Gelegenheit, billig zu einer Reise zu kommen. Wenn auch nicht krank am Herzen, so waren sie doch stets arm im Beutel.
Da beide Tennis spielten, dünkten sie sich olympischen Wettkämpfern gleich und waren der Meinung, für die verbilligte Fahrt infrage zu kommen. Es gelang ihnen auch tatsächlich, Karten für den Sonderzug zu halten.
In München angekommen, meinte Peter: „Hier gibt es Menschen genug. Wir werden also der Festleitung den Gefallen tun, uns aus dem Trubel herausstehlen und in die Berge absetzen, da wir auf Siege und Medaillen doch keinen Wert legen." Gesagt – getan!
Es ging südlich nach Garmisch. Dort lockte der Aufstieg auf die Zugspitze.
Bis zur Knorr-Hütte war man gestiegen. Das kostete Kraft und Schweiß. Hier trug man sich für alle Fälle in die Liste des Massenquartiers ein. Noch war die Zahl der Touristen zu übersehen.
Nach einer Ruhepause, in der eine Erbsensuppe mit Einlage neue Kraft schenkte, winkte der Gipfel. Man schaffte es bis zum Observatorium, begeisterte sich an

dem herrlichen Rundblick und kehrte zur Hütte zurück. Was aber war inzwischen da geschehen? Es wimmelte von Menschen. Man konnte fast annehmen, dass sich halb München zu einem Stelldichein auf Deutschlands höchstem Berg verabredet hatte.
Paulus zog einen Flunsch, Peter aber, organisatorisch begabt, lächelte verschmitzt und sprach: „Ich möchte bloß wissen, wo die alle übernachten wollen? Wie gut, dass wir schon eingetragen sind." Vorsichtshalber wandte er sich jedoch nochmals an den Hüttenwirt, um sich die Schlafplätze anweisen zu lassen.
„Dös ist vorbei!", bekam er zur Antwort. „Wenns ka Mitgliedsausweis vom Alpenverein haben, kann ich Ihna net aufnehmen. Die viele Leut bring ich eh net unter."
„Da könnte man sich – aber davon wird es auch nicht besser", bemerkte Peter zu Paul.
„Der Ausblick von oben war ganz schön", witzelte dieser, „der für die Nacht ist mehr als bescheiden. Wir Salontiroler sind doch hier in einer Stunde erfroren."
„Wenn wir uns gleich auf die Socken machen, sind wir vielleicht um neun, spätestens um zehn Uhr unten", schlug Peter vor.
„Reise mit Hindernissen! Warum musst du auch so hoch hinauf? Jetzt können wir im Galopp runter!" brummte Paul.
„Dafür geht es schneller! Komm, wir haben keine Zeit zu verlieren! Oben waren wir, Ansichtskarten mit Gipfelstempel haben wir, was willst du noch mehr?"
Also machten sich die Apostelfürsten auf und stiegen ab zu Tal. Da sie zudem ein entsprechendes Tempo

einlegen mussten, kamen sie gerädert in Garmisch an. Irgendeine Turmuhr schlug zehn dumpfe Schläge.
„Na – und jetzt was?“, fragte Paul.
„Jetzt klappern wir die Pensionen und Gaststätten ab. Hotels sind zu teuer. Eine Würstelbude wird sich noch finden. Mehr können wir uns sowieso nicht leisten“, entschied Peter.
„Viel Vergnügen!“, meinte der pessimistische Paul. „Ich seh' uns schon im Himmelbett vom ‚Goldenen Ochsen‘, vielleicht aber auch bei Mutter Grün.“
„Verlass dich auf mich! Wir schlafen heute besser als zu Haus, auf Matratzen, nicht auf dem Strohsack!“
Doch Peters Optimismus wurde bald gedämpft. Die warme Wurst bekamen sie noch an einer Würstelbude, ein Zimmer aber war nirgendwo zu haben. Alles war bereits besetzt. Die Stimmung sank unter den Nullpunkt. Sie wurde auch nicht durch die zwei Enzian gehoben, die man sich außeretatmäßig gestattete.
Inzwischen schlug es elf Uhr. Ein erleuchtetes Treppenhaus eines Gebäudes, in einer Seitenstraße gelegen, ließ Hoffnung aufkommen.
„Marien-Hospital“ stand in breiten Lettern über dem Eingang. In greifbarer Höhe lud das Schild „Nachtglocke – bitte bedienen!“ höflichst ein.
Peter drückte auf den Knopf; Paul fasste sich an den Kopf und wäre am liebsten verschwunden.
Eine freundliche Nachtschwester öffnete und fragte nach dem Begehr.
„Entschuldigen Sie, wenn wir zu so später Stunde stören“, begann Peter sein Sprüchlein. „Wir kommen mit einer Empfehlung von Herrn Dr. Bayerlein. Es ist ihm

leider nicht möglich, uns über Nacht in seinem Haus unterzubringen, da sich bei ihm unverhofft Besuch eingestellt hat. Er bittet Sie, uns für diese eine Nacht aufzunehmen!"

„Das kommt mir etwas plötzlich", begann die Schwester verlegen. „Wir haben auch alle Zimmer besetzt."

„Wir wären mit einem Notquartier zufrieden", versuchte Peter höflich vorzuschlagen. „Wir kommen von der Zugspitze, haben den Weg verfehlt und uns verspätet."

Die liebe Schwester ahnte vielleicht, dass sie die zwei Apostelfürsten vor sich sah, erbarmte sich ihrer, das war ihr ja durch die Ordensregel vorgeschrieben, und sprach: „Wenn Ihnen zwei Notlager im Wintergarten genügen, könnte ich es möglich machen."

„Aber selbstverständlich genügt das! Dr. Bayerlein wird sich freuen, dass Sie uns geholfen haben", gab Peter spontan zur Antwort.

Und die gute Schwester richtete die Lager, wie in diesem Hause üblich, mit viel Liebe und Sorgfalt, wünschte eine gute Nacht und verließ lautlos den Raum.

„Bist du total verrückt?", flüsterte Paul seinem Freunde zu. „Wie kommst du auf Dr. Bayerlein? Wer ist denn das?"

„Wohnt zwei Häuser davor, habe das Schild gelesen", bemerkte Peter schelmisch. „Wenn er so nahebei wohnt, habe ich mir gedacht, wird man ihn auch kennen. Der Kaiser von China hätte dir nicht geholfen."

„Und morgen – was dann?", wollte Paul wissen.

„Morgen sind wir über alle Berge. Die Schwestern sind froh, dass sie Dr. Bayerlein einen Gefallen getan haben, wir haben ein Dach über dem Kopf, und du schläfst zum ersten Male in deinem Leben in einem Wintergarten. Willst du noch mehr verlangen? Jetzt hau dich auf dein Himmelbett, halt die Klappe und träume süß. Um sechs Uhr fängt hier sicher der Betrieb an, also müssen wir um fünf aufstehen."

Man schlief wie in Morpheus Armen, wachte früh zwischen tropischen Gewächsen gestärkt auf, begnügte sich mit einer Katzenwäsche und wollte aus dem Haus, nicht ohne vorher der Schwester Dank zu sagen und nach der Schuld zu fragen. Darüber waren sich die Apostelfürsten einig, das waren sie auch ihrem Beinamen schuldig.

Die Schwester lehnte jede Bezahlung ab. Die Blicke der beiden ließen annehmen, dass man das erwartet hatte. Hundsfotte!

Ohne einen Obolus zu entrichten, wollte man doch nicht aus dem Haus. Also steckten die Fürsten in die Spardose an der Pforte, jenem bekannten kleinen Negerknaben, der mit dem Kopf wackelnd dankte, wenn man einen Groschen hineinwarf, etwas in seine Büchse, deren Inhalt für die Heidenkinder bestimmt war.

Das für das Nachtquartier einkalkulierte und eingesparte Schlafgeld wurde in München im Hofbräuhaus umgesetzt. Diese Handlung gereichte zwar den Apostelfürsten nicht zur letzten Ehre, es sei ihnen aber in Anbetracht der ausgestandenen Strapazen und Mühen großzügig Absolution gewährt.

„Wir wollten der barmherzigen Schwester gern schreiben, doch ist es – wie so oft, wenn es um das Schreiben geht – beim guten Wollen geblieben. Da aber Schwestern im Allgemeinen gern und herzlich lachen und auch Spaß verstehen", meinte Peter, als er mir das Erlebnis erzählte,

„werden sie uns diese jugendliche Frechheit nicht übel genommen haben."
Was sich in dem Sportstadion abgespielt hatte, entnahmen Peter und Paul aus den Berichten der Tagespresse auf der Heimfahrt von München nach Oberschlesien.

Heinz Labus

Er kam meist zu früh

Breslaus Kardinal Bertram neigte bei seinen Firmungsreisen, die er als willkommene Abwechslung und Ausgleich für fehlenden Urlaub empfand, dazu, möglichst früh an Ort und Stelle zu sein. Zunächst ließ er es sich nicht nehmen, seinen Koffer selbst zu packen. Dann war zwar der Zeitpunkt für die Abfahrt mit dem erzbischöflichen Auto auf die Minute genau festgesetzt, aber der Kardinal war oft schon eine Viertelstunde zu früh abfahrbereit.
Während der Fahrt rauchte er mit Vorliebe eine Zigarre. Bei der genauen Planung war es unvermeidlich, dass der Wagen des Kardinals schon vor den Pfarren stand, wenn diese noch lange nicht alle Vorbereitungen getroffen hatten. Aber er lehnte es ab, möglicherweise vor dem Ort die genaue Ankunftszeit abzuwarten. Gegenüber seinem Geheimsekretär Walter Münch erklärte er das so: „Ich habe schon als Bub gern eine Revolution im Ameisenhaufen gesehen; ich kann ja im Pfarrhaus warten, bis alles zum Empfang geordnet ist.“ Dass er Pfarrern und Kirchenvorstehern damit heftig auf die Nerven viel, war ihm gleichgültig – im Gegenteil ergötzte ihn das durch ihn hervorgerufene Durcheinander, sodass er bei dieser Praxis blieb.
Im Jahr 1942 erreichte er auch den Firmungsort im Kreis Neustadt mehr als eine halbe Stunde vor dem vorgesehenen Termin. Ohne viele Umstände betrat der Kardinal das Pfarrhaus. Dort stieß er auf die Haushälterin, die entsetzt nach dem Pfarrer rief.

Dieser befand sich in Hemdsärmeln gerade beim Rasieren und hatte sich eben eingeseift. Bevor er aber seine Haushälterin zur Ruhe mahnen konnte, musste er sehen, dass der erwartete Gast bereits in seinem Haus war. Da blieben nur noch ehrerbietige Verbeugungen. Kardinal Bertram aber war geradezu entzückt über diesen Einblick in das Privatleben des Pfarrers und sagte kurzerhand: „Herr Pfarrer, ich bin etwas eher gekommen, um Ihnen beim Rasieren zu helfen." Es war kein Wunder, dass der solchermaßen zur Eile getriebene Pfarrer sich schnitt und alle Mühe hatte, rechtzeitig vor der Firmung das Blut zu stillen.

Gerhard Eckert

Hühner: ja, Hahn: nein

Auch für den Hühnerhof des bischöflichen Ordinariats von Breslau galt der Zölibat! Mit anderen Worten: Man hielt zwar Hennen, um den Bedarf an Eiern sozusagen autark zu decken. Aber der Kardinal Bertram, der von 1914 an über beinahe dreißig Jahre hier das Sagen hatte, bestimmte, dass der Hühnerhof ohne Hahn auskommen musste. Freudlose Hühner also. Mancher hier tätige geistliche Herr leistete sich die kleine Bosheit, darauf hinzuweisen, dass Frauen der Zugang oder die Mitarbeit untersagt war, während im Hühnerhof die Hennen auf sich gestellt waren. Sollte der Kardinal – honni soit qui mal y pense! – am Bespringen der Hühner durch den Hahn vor seinen Augen und unterhalb seines Domizils Anstoß genommen haben? Mit dem Zölibat im Hühnerhof dürfte Breslaus Erzbischöfliches Palais wohl einzig gewesen sein ...!

Gerhard Eckert

Vom Reisen in die weite Welt

Freud' und Leid sind Reiseleute,
ziehen immer aus und ein;
doch will dieses immer länger,
jenes kürzer bei uns sein.

Friedrich von Logau

Auf dem Bahnsteig

Pauline:	So, nu muss mer machen, sonst komm wa zu spät.
Schaffner:	Paar Minuten sind schon noch Zeit.
Paul:	Natürlich, Herr Schaffner, trinken wir noch ein Glas Bier.
Schaffner:	Wollen Se dunkles oder helles?
Paul:	Helles.
Schaffner:	Auswärtiges oder hiesiges?
Paul:	Auswärtiges.
Schaffner:	En jroßes oder een kleenes?
Paul:	En großes.
Schaffner:	Auswärtiges ham wa nur in kleene Jläser da.
Paul:	Meinetwegen, da bringen Se eben 'n kleenes.
Schaffner:	Een kleenes dunkles?
Paul:	Nee, 'n kleenes helles.
Schaffner:	Wat denn, wat denn, Sie wollten doch auswärtiges Bier.
Paul:	Nu ja doch, auswärtiges Helles.
Schaffner:	Mann, wir haben doch bloß auswärtiges dunkles, det helle ist doch hiesiges.
Paul:	Das macht een ja reene verrückt.
Pauline:	Mach schon, Paul, wir verpassen noch a Zug.
Paul:	Ach wo, da bringen se eben helles hiesiges.

Schaffner:	Ja, aber die hiesigen hellen werden nur in Flaschen ausgeschenkt.
Paul:	Da bring 'se mir eben eene Flasche hiesiges helles.
Pauline:	Gott sei dank, dass ihr euch endlich entschlossen habt.
Paul:	So was muss genau überlegt sein.
Schaffner:	Wat sachn Se nu, det helle is ausjegangen. Könn Se sich nicht entschließen, een dunkles zu bestellen?
Paul:	Himmelbombenelement, bringen Se was Se haben, aber schnell!
Schaffner:	Einsteigen! Der Zug fährt sofort ab. Zu spät.
Paul:	So eine Schweinerei!
Schaffner:	Das kommt davon, warum haben Se sich nich schneller entschlossen?
Pauline:	Womöglich verpass mer jetzt noch a Zug.
Schaffner:	Einsteigen! Türen schließen!
Paul:	Loof mir doch nich dauernd vor de Beene.
Pauline:	Gammel doch nich so rum!
Schaffner:	Bisken schneller muss det schon gehen, wa könn doch hier nicht warten, bis et jedem Einzelnen jefällig is.
Pauline:	Ihr Leute, ihr Leute, das is aber ooch a Gewürge.
Schaffner:	Na, man los, schöne Frau!
Pauline:	Scheene Frau hat er gesagt, haste gehört, Paul? Son höflicher Mann.
Paul:	Ja, ja, ja, der kennt dich eben nicht von Nahem.

Pauline: Ist das der Zug hier, Herr Schaffner?

Schaffner: Dachten Se, det is 'n Karussell?

Paul: Wirklich höflich. Nu mach schon, dass de einsteigst.

Schaffner: Man los, rin ins Abteil! Zeigen Se jleich mal de Karten!

Paul: Meine Frau und ich haben zusammen eine Arbeiterurlauberferiensonderrabattsonntagsrückfahrtkarte.

Schaffner: Is ja Dritter, und Sie sitzen in Zweeter.

Pauline: Das macht doch nischt, wegen dem kurzen Stückel brauch mer uns doch nicht erst lange uffregen.

Schaffner: Stimmt. Ja is nischt weiter uffzurejen. Se zahlen nach. Ick bring Ihnen jleich die Übergangskarte.

Paul: Meinetwegen, da haben wir dann eben eine Arbeiterurlauberferiensonderrabattsonnntagsrückfahrübergangskarte.

Schaffner: Türen schließen!

Paul: Gut, dass wir sitzen.

Schaffner: Abfahren!

Paul: Na, auf den Schmerz hin werde ich mir eine ins Gesicht stecken. Gestatten der Herr, dass ich rauche?

Herr: Bitte.

Pauline: Und ich werde erst gar nicht gefragt?

Paul: Das habe ich nich nötig, denn nach 'm Gesetz bin ich als bedauernswerter Ehemann sowieso dein bevollmächtigter Stellvertreter.

Pauline:	Und der Kanaster stinkt!
Paul:	Keen Wunder, sind ja deine Geburtstagszijarn'.
Pauline:	Runter mit dem Fenster, is ja nich auszuhalten, ich muss die Nase ins Freie stecken.
Herr:	Meine Dame, das Hinauslehnen aus dem Fenster ist wegen der damit verbundenen Lebensgefahr strengstens untersagt.
Paul:	Eben deshalb lassen Sie se doch.
Pauline:	Ach, du Hanschkerle, was würdest du bloß ohne mich anfangen?
Paul:	Ein neues Leben! Ach – der Tabak beißt aber scheußlich, tui ...
Herr:	Darf ich Sie darauf aufmerksam machen, dass das Ausspeien auf den Fußboden im Interesse der öffentlichen Gesundheitspflege verboten ist?
Pauline:	Beruhigen Sie sich, is ja bloß auf Ihre Lackkappen gegangen.
Paul:	Nee, ich muss wirklich raus – (Tür).Pause.
Schaffner:	Mann, wat machen Sie denn hier uff de Plattform? Können Sie nicht lesen, dass der Aufenthalt auf der Plattform verboten ist?
Paul:	Ne, ich such bloß.
Schaffner:	Ach so, Männeken, da haben Se sich valoofn, hier jeht's rin.
	Noch jemand zujestiegen? Ah, da is ja die schöne Frau. Hier ist der Übegang zur Zweeten, macht einsfuffzig. Polkendorf!

	Eine Minute Aufenthalt! Halten Sie sich fest, junge Frau, hoppla!
Pauline:	Ach herrjeh ...
Herr:	Nehmen Sie sich doch in Acht, Frau, Sie können sich doch nicht auf meinen Schoß setzen!
Pauline:	Ihr Leute, ich war auf den plötzlichen Ruck nich gefasst.
Schaffner:	Hallo, hallo, machen Sie mal da drinn uff!
Paul:	Was is 'n los, sind wir schon da?
Schaffner:	Wat fällt Ihn' ein, Mann Gottes, wissen Sie nicht, dass die Benutzung dieses Raumes nur während der Fahrt erlaubt is?
Paul:	Was meinen Sie, Herr Zugführer, was mir passiert wäre, wenn ich bei dem plötzlichen Ruck nach Ihrer Vorschrift gehandelt hätte.

Ludwig Manfred Lommel

Der zerrissene Schuldschein

So leicht war's, Rübezahls Freundschaft zu verscherzen; doch eben so leicht war's auch, sie zu gewinnen. Einem Bauern in der Amtspflege Reichenberg hatte ein böser Nachbar sein Hab und Gut abgenommen, und nachdem sich die Justiz seiner letzten Kuh bemächtigt hatte, blieb ihm nichts übrig als ein abgehärmtes Weib und ein halbes Dutzend Kinder, von denen er gern den Gerichten die Hälfte für sein letztes Stückchen Vieh verpfändet hätte. Zwar gehörten ihm noch ein Paar rüstige gesunde Arme, aber sie waren nicht hinreichend, sich und die Seinigen damit zu ernähren. Es schnitt ihm durchs Herz, wenn die jungen Raben nach Brot schrien, und er nichts hatte, um ihren quälenden Hunger zu stillen. „Mit hundert Talern", sprach er zu dem kummervollen Weibe, „wäre uns geholfen, unseren zerfallenen Haushalt wieder einzurichten und fern von dem streitsüchtigen Nachbar ein neues Eigentum zu gewinnen. Du hast reiche Vettern jenseits des Gebirges, ich will hin und ihnen unsere Not klagen; vielleicht, dass sich einer erbarmt und aus gutem Herzen von seinem Überfluss uns auf Zinsen leiht, so viel wir bedürfen."

Das niedergedrückte Weib willigte mit schwacher Hoffnung eines glücklichen Erfolgs in diesen Vorschlag ein, weil sie keinen besseren wusste. Der Mann aber machte sich auf, und indem er Weib und Kinder verließ, sprach

er ihnen Trost ein: „Weinet nicht! Mein Herz sagt es mir, ich werde einen Wohltäter finden, der uns förderlicher sein wird als die vierzehn Nothelfer, zu denen ich so oft vergeblich gewallfahrtet bin." Hierauf steckte er eine harte Brotrinde zur Zehrung in die Tasche und ging davon. Müde und matt von der Hitze des Tages und dem weiten Wege, gelangte er zu Abendzeit in dem Dorfe an, wo die reichen Vettern wohnten; aber keiner wollte ihn kennen, keiner wollte ihn beherbergen. Mit heißen Tränen klagte er ihnen sein Elend; aber die hartherzigen Filze achteten nicht darauf, kränkten den armen Mann mit Vorwürfen und beleidigenden Sprichwörtern. Einer sprach: „Junges Blut, spar' dein Gut", der andere: „Hoffart kommt vor dem Fall", der dritte: „Wie du's treibst, so geht's", der vierte: „Jeder ist seines Glückes Schmied". So höhnten und spotteten sie seiner, nannten ihn einen Prasser und Faulenzer, und endlich stießen sie ihn gar zur Tür hinaus. Eine solche Aufnahme hatte sich der arme Vetter bei der reichen Sippschaft seines Weibes nicht vorgestellt; stumm und traurig schlich er von dannen, und weil er nichts hatte, um das Schlafgeld in der Herberge zu bezahlen, musste er auf einem Heuschober im Felde übernachten. Hier wartete er schlaflos des zögernden Tages, um sich auf den Heimweg zu begeben.
Da er nun wieder ins Gebirge kam, überkam ihn Harm und Bekümmernis so sehr, dass er der Verzweiflung nahe war. Zwei Tage Arbeitslohn verloren, dachte er bei sich selber, matt und entkräftet von Gram und Hunger, ohne Trost, ohne Hoffnung! Wenn du nun heimkehrst und die sechs armen Würmer dir entgegenschmachten, ihre Hände aufheben, von dir Labsal zu begehren, und du für

einen Bissen Brot ihnen einen Stein bieten musst! Vaterherz! Vaterherz! Wie kannst du's tragen! Brich entzwei, armes Herz, ehe du diesen Jammer fühlst! Hierauf warf er sich unter einen Schlehenbusch, seinem schwermütigen Gedanken weiter nachzuhängen.
Wie aber am Rande des Verderbens die Seele noch die letzten Kräfte anstrengt, ein Rettungsmittel auszukundschaften, jede Hirnfaser auf und nieder läuft, alle Winkel der Fantasie durchspäht, Schutz oder Frist für den hereinbrechenden Untergang zu suchen; gleich einem Bootsmann, der sein Schiff sinken sieht, schnell die Strickleiter hinaufrennt, sich in den Mastkorb zu bergen, oder wenn er unter Verdeck ist, aus der Luke springt, in der Hoffnung, ein Brett oder eine ledige Tonne zu erhaschen, um sich über Wasser zu halten: so verfiel unter tausend nichtigen Anschlägen und Einfällen der trostlose Veit auf den Gedanken, sich an den Geist des Gebirges in seinem Anliegen zu wenden. Er hatte viel abenteuerliche Geschichten von ihm gehört, wie er zuweilen die Reisenden gedrillt und geneckt, ihnen manchen Schimpf angetan, doch auch mitunter Gutes erwiesen habe. Es war ihm nicht unbekannt, dass er sich bei seinem Spottnamen nicht ungestraft rufen lasse; dennoch wusste er ihm auf keine andere Weise beizukommen; also wagte er es auf eine Prügelei hin und rief so sehr er konnte: „Rübezahl! Rübezahl!"
Auf diesen Ruf erschien alsbald eine Gestalt gleich einem rußigen Köhler mit einem fuchsroten Bart, der bis an den Gürtel reichte, feurigen, stieren Augen, und mit einer Schürstange bewaffnet, gleich einem Weberbaum, die er mit Grimm erhob, den frechen Spötter zu erschla-

gen. „Mit Gunst, Herr Rübezahl“, sprach Veit ganz unerschrocken, „verzeiht, wenn ich Euch nicht recht anredete; hört mich nur an, dann tut, was Euch gefällt.“ Diese dreiste Rede und die kummervolle Miene des Mannes, die weder auf Mutwillen noch Vorwitz deutete, besänftigten den Zorn des Geistes in etwa: „Erdenwurm,“ sprach er, „was treibt dich, mich zu beunruhigen? Weißt du auch, dass du mir mit Hals und Haut für deinen Frevel büßen musst?“ – „Herr“, antwortete Veit, „die Not treibt mich zu Euch, habe eine Bitte, die Ihr mir leicht gewähren könnt. Ihr sollt mir hundert Taler leihen, ich zahle sie Euch mit landesüblichen Zinsen in drei Jahren wieder, so wahr ich ehrlich bin!“ – „Tor“, sprach der Geist, „bin ich ein Wucherer oder Jude, der auf Zinsen leiht? Gehe hin zu deinen Menschenbrüdern und borge da so viel dir nottut, mich aber lass in Ruhe.“ – „Ach!“, erwiderte Veit, „mit der Menschenbrüderschaft ist's aus! Auf Mein und Dein gilt keine Brüderschaft.“ Hierauf erzählte er ihm seine Geschichte der Länge nach und schilderte ihm sein drückendes Elend so rührend, dass ihm der Gnom seine Bitte nicht versagen konnte; und wenn der arme Tropf auch weniger Mitleid verdient hätte, so schien doch dem Geist das Unterfangen, von ihm ein Kapital zu leihen, so neu und sonderbar, dass er um des guten Zutrauens willen geneigt war, des Mannes Bitte zu gewähren. „Komm, folge mir“, sprach er und führte ihn darauf waldeinwärts, in ein abgelegenes Tal zu einem schroffen Felsen, dessen Fuß ein dichter Busch bedeckte.

Nachdem sich Veit nebst seinem Begleiter mit Mühe durchs Gesträuche gearbeitet hatte, gelangten sie zum Eingang einer finsteren Höhle. Dem guten Veit war nicht wohl dabei zumute, da er so im Dunkeln tappen musste; es lief ihm ein kalter Schauer nach dem anderen über den Rücken herab, und seine Haar sträubten sich empor. Rübezahl hat schon manchen betrogen, dachte er, wer weiß, was für ein Abgrund mir vor den Füßen liegt, in den ich beim nächsten Schritte hinabstürze; dabei hörte er ein fürchterliches Brausen wie von einem Tagwasser, das sich in den tiefen Schacht ergoss. Je weiter er fortschritt, desto mehr engten ihm Furcht und Grauen das Herz ein. Doch bald sah er zu seinem Trost in der Ferne ein blaues Flämmchen hüpfen, das Berggewölbe erweiterte sich zu einem großen Saale, das Flämmchen brannte hell und schwebte als ein Hängeleuchter in der Mitte der Felsenhalle. Auf dem Pflaster fiel ihm eine kupferne Braupfanne in die Augen, mit eitel harten Talern bis an den Rand gefüllt. Da Veit den Geldschatz erblickte, schwand alle seine Furcht und das Herz hüpfte ihm vor Freuden. „Nimm", sprach der Geist, „was du bedarfst, es sei wenig oder viel, nur stelle mir einen Schuldbrief aus, wenn du der Schreiberei kundig bist." Veit bejahte das und zählte sich gewissenhaft die hundert Taler ab, nicht einen mehr und keinen weniger. Der Geist schien auf das Zählungsgeschäft gar nicht zu achten, drehte sich weg und suchte indes seine Schreibmaterialien hervor. Veit schrieb den Schuldbrief so bündig wie ihm möglich war. Der Gnom schloss diesen in einen eisernen Schatzkasten und sagte zum Abschied: „Zieh hin, mein Freund, und nütze dein Geld mit arbeitsamer Hand. Vergiss nicht, dass du mein Schuldner bist, und merke dir den Eingang in das Tal und diese Felsenkluft genau. Sobald das dritte Jahr verflossen ist, zahlst du mir Kapital und Zins zurück; ich bin ein

strenger Gläubiger, hältst du das nicht ein, so fordere ich es mit Ungestüm.“ Der ehrliche Veit versprach auf den Tag gute Zahlung zu leisten, versprach's mit seiner biedern Hand, doch ohne Schwur; verpfändete nicht seine Seele und Seligkeit, wie lose Bezahler zu tun pflegen, und schied mit dankbaren Herzen von seinem Schuldherrn in der Felsenhöhle, aus der er leicht den Ausgang fand.
Die hundert Taler wirkten bei ihm so mächtig auf die Seele und Leib, dass ihm nicht anders zumute war, da er das Tageslicht wieder erblickte, als ob er Balsam des Lebens in der Felsenkluft eingesogen habe. Freudig und gestärkt an allen Gliedern, schritt er nun seiner Wohnung zu und trat in die elende Hütte, indem sich der Tag zu neigen begann. Sobald ihn die abgezehrten Kinder erblickten, schrien sie ihm einmütig entgegen: „Brot, Vater, einen Bissen Brot! Hast uns lange darben lassen.“ Das abgehärmte Weib saß in einem Winkel und weinte, fürchtete nach der Denkungsart der Kleinmütigen das Schlimmste und vermutete, dass der Ankömmling eine traurige Litanei anstimmen werde. Er aber bot ihr freundlich die Hand, ließ sie Feuer anschüren auf dem Herde; denn er trug Grütze und Hirse aus Reichenberg im Rucksack, wovon die Hausmutter einen steifen Brei kochen musste, dass der Löffel darin stand. Nachher gab er ihr Bericht von dem guten Erfolg seines Geschäftes. „Deine Vettern“, sprach er, „sind gar rechtliche Leute, die mir nicht meine Armut vorgehalten, haben mich nicht verkannt oder mich schimpflich vor der Tür abgewiesen; sondern mich freundlich beherbergt, Herz und Hand mir geöffnet und hundert Taler vorschussweise auf den Tisch gezählt.“ Da fiel dem guten Weibe ein schwerer Stein vom

Herzen, der sie lange gedrückt hatte. „Wären wir," sagte sie, „eher vor die rechte Schmiede gegangen, so hätten wir uns manchen Kummer ersparen können." Hierauf rühmte sie ihre Freundschaft, von der sie sich vorher so wenig Gutes versprochen hatte, und tat recht stolz auf die reichen Vettern.

Der Mann ließ ihr nach so vielen Drangsalen gern die Freude, die ihrer Eitelkeit so schmeichelhaft war. Da sie aber nicht aufhörte die reichen Vettern zu loben und das viele Tage so forttrieb, wurde Veit des Lobposaunens der Geizdrachen satt und müde und sprach zum Weibe: „Als ich vor der rechten Schmiede war, weißt du, was mir der Meister Schmied für eine weise Lehre gab?" Sie sprach: „Welche?" – „Jeder", sagte er, „sei seines Glückes Schmied, und man müsse das Eisen schmieden, weil's heiß sei; drum lass uns nun die Hände rühren und unserem Beruf fleißig obliegen, dass wir was vor uns bringen, in drei Jahren den Vorschuss nebst Zinsen abzahlen können und aller Schuld quitt und ledig seien." Drauf kaufte er einen Acker und einen Heuschlag, dann wieder einen und noch einen, dann eine ganze Hufe; es war ein Segen in Rübezahls Gelde, als wenn ein Hecktaler darunter wäre. Veit säte und erntete, wurde schon für einen wohlhabenden Mann im Dorfe gehalten, und sein Säckel langte noch immer zur Erweiterung seines Eigentums. Im dritten Sommer hatte er schon zu seiner Hufe ein Herrengut gepachtet, das ihm reichen Wucher brachte; kurz er war ein Mann, dem alles was er tat, zu gutem Glück gedieh.

Der Zahlungstermin kam nun heran, und Veit hatte so viel erübrigt, dass er ohne Beschwerde seine Schuld abtragen konnte; er legte das Geld zurecht, und auf den bestimmten Tag war er früh auf, weckte das Weib und alle seine Kinder, hieß sie waschen und kämmen und ihre Sonntagskleider anziehen, auch die neuen Schuhe und die scharlachenen Mieder und Brusttücher, die sie noch nicht auf den Leib gebracht hatten. Er selbst holte seinen Gottestischrock herbei und rief zum Fenster hinaus: „Hans, spann an!“ – „Mann, was hast du vor?“, fragte die Frau, „es ist heute weder Freitag noch ein Kirchweihfest, was macht dich so guten Mutes, dass du uns ein Wohlleben bereitet hast, und wo gedenkst du uns hinzuführen?“ Er antwortete: „Ich will mit Euch die reichen Vettern jenseits des Gebirges heimsuchen und dem Gläubiger, der mir durch seinen Vorschub wieder ausgeholfen hat, Schuld und Zins bezahlen, denn heute ist der Zahltag.“ Das gefiel der Frau wohl; sie putzte sich und die Kinder stattlich heraus, und damit die reichen Vettern eine gute Meinung von ihrem Wohlstande bekämen und sich ihrer nicht schämen dürften, band sie eine Schnur Dukaten um den Hals. Veit rüttelte den schweren Geldsack zusammen, nahm ihn zu sich, und da alles in Bereitschaft war, saß er auf mit Frau und Kind. Hans peitschte die vier Hengste an, und sie trabten mutig über das Blachfeld nach dem Riesengebirge zu.

Vor einem steilen Hohlweg ließ Veit den Rollwagen halten, stieg ab und hieß den anderen Gleiches tun, dann gebot er dem Knechte: „Hans, fahr langsam den Berg hinan, oben bei den drei Linden sollst du unser warten, und ob wir auch lange bleiben, so lass dich's nicht anfechten, lass die Pferde verschnauben und einstweilen grasen; ich weiß hier einen Fußpfad, der ist etwas um doch lustig zu wandeln!“ Darauf schlug er sich in Begleitung des Weibes und der Kinder waldeinwärts durch dicht Verwachsenes und spähte hin und her, dass die Frau meinte, ihr Mann habe sich verirrt, ermahnte ihn darum zurückzukehren und der Landstraße zu folgen. Veit aber hielt plötzlich still, versammelte seine sechs Kinder um sich her und redete also: „Du wähnst, liebes Weib, dass wir zu deiner Freundschaft ziehen; dahin steht jetzt nicht mein Sinn. Deine reichen Vettern sind Knauser und Schurken, die, als ich weiland in meiner Armut Trost und Zuflucht bei ihnen suchte, mich gefoppt, gehöhnt und mit Übermut von sich gestoßen haben. – Hier wohnt der reiche Vetter, dem wir unseren Wohlstand verdanken, der mir aufs Wort das Geld geliehen, das in meiner Hand so wohl gewuchert hat. Auf heute hat er mich herbeschieden, Zins und Kapital ihm wieder zu erstatten. Wisst ihr nun, wer unser Schuldherr ist? Der Herr vom Berge, Rübezahl genannt!“ Das Weib entsetzte sich heftig über die Rede, schlug ein großes Kreuz vor sich, und die Kinder bebten und gebärdeten sich ängstlich vor Furcht und Schrecken, dass sie der Vater vor Rübezahl führen wollte. Sie hatten viel in den Spinnstuben von ihm gehört, dass er ein scheußlicher Riese und Menschenfresser sei. Veit erzählte ihnen sein ganzes Abenteuer, wie ihm der Geist in Gestalt eines Köhlers auf sein Rufen erschienen sei und was er mit ihm verhandelt habe in der Höhle, pries seine Mildtätigkeit mit dankbarem Herzen und so inniger Rührung, dass ihm die warmen Tränen über die freundlichen rotbraunen Backen herabträufelten. „Wartet hier“, fuhr er fort, „jetzt geh’ ich hin in die Höhle, mein Geschäft auszurichten. Fürchtet nichts, ich werde nicht lange aus sein, und wenn ich's vom Gebirgsherrn erlangen kann, so bring' ich ihn zu euch. Scheut euch nicht, eurem Wohltäter treuherzig die Hand zu schütteln, ob sie gleich schwarz und rußig ist; er tut euch nichts zuleide und freut sich seiner guten Tat und unseres Dankes gewiss! Seid nur beherzt, er wird euch goldene Äpfel und Pfeffernüsse austeilen."

Obgleich nun das bängliche Weib viel gegen die Wallfahrt in die Felsenhöhle einzuwenden hatte und auch die Kinder jammerten und weinten, sich um den Vater herlagerten und, da er sie auf die Seite schob, ihn an den Rockfalten zurückzuziehen sich anstemmten, so riss er sich doch mit Gewalt von ihnen in den dicht verwachsenen Busch und gelangte zu dem wohlbekannten Felsen. Er fand alle Merkzeichen der Gegend wieder, die er sich wohl ins Gedächtnis geprägt hatte; die alte halb erstorbene Eiche, an deren Wurzel die Kluft sich öffnete, stand noch wie sie vor drei Jahren gestanden hatte, doch von einer Höhle war keine Spur mehr vorhanden. Veit versucht's auf alle Weise, sich den Eingang in den Berg zu öffnen, er nahm einen Stein, klopfte an den Felsen; er sollte, meinte er, sich auftun; er zog den schweren Geldsack hervor, klingelte mit den harten Talern und rief, so laut er nur konnte: „Geist des Gebirges, nimm hin, was dein ist"; doch der Geist ließ sich weder hören noch sehen. Also musste sich der ehrliche Schuldner entschließen, mit seinem Säckel wieder umzukehren. Sobald ihn das Weib und die Kinder von Ferne erblickten, eilten sie ihm freudvoll entgegen; er war missmutig und sehr bekümmert, dass er seine Zahlung nicht an die Behörde abliefern konnte, setzte sich zu den Seinen auf einen

Rasenrain und überlegte, was nun zu tun sei. Da kam ihm sein altes Wagestück wieder ein. „Ich will", sprach er, „den Geist bei seinem Ekelnamen rufen; wenn's ihn auch verdrießt, mag er mich bleuen und zupfen, wie er Lust hat, wenigstens hört er auf diesen Ruf gewiss", schrie darauf aus Herzenskraft: „Rübezahl! Rübezahl!" Das angstvolle Weib bat ihn zu schweigen, wollte ihm den Mund zuhalten; er ließ sich nicht wehren und trieb's immer ärger. Plötzlich drängte sich jetzt der jüngste Bube an die Mutter an, schrie bänglich: „Ach, der schwarze Mann!" Getrost fragte Veit: „Wo?" – „Dort lauscht er hinter jenem Baume hervor", und alle Kinder krochen in einen Haufen zusammen, bebten vor Furcht und schrien jämmerlich. Der Vater blickte hin und sah nichts, es war eine Täuschung, nur ein leerer Schatten; kurz, Rübezahl kam nicht zum Vorschein, und alles Rufen war umsonst.

Die Familie trat nun den Rückweg an, und Vater Veit ging ganz betrübt und schwermütig auf der Landstraße vor sich hin. Da erhob sich vom Walde her ein sanftes Rauschen in den Bäumen, die schlanken Birken neigten ihre Wipfel, das bewegliche Laub der Espen zitterte, das Brausen kam näher, und der Wind schüttelte die weit ausgestreckten Äste der Steineichen, trieb dürres Laub und Grashalme vor sich her, kräuselte im Wege kleine Staubwolken empor, an welchem artigen Schauspiel die Kinder, die nicht mehr an Rübezahl dachten, sich belustigten und nach den Blättern haschten, womit der Wirbelwind spielte. Unter dem dürren Laube wurde auch ein Blatt Papier über den Weg geweht, auf welches der kleine Geisterseher Jagd machte; doch wenn er danach griff, hob es der Wind auf und führte es weiter, dass er's nicht erlangen konnte. Drum warf er seinen Hut danach, der's endlich bedeckte; weil's nun ein schöner weißer Bogen war und der ökonomische Vater jede Kleinigkeit in seinem Haushalt zu nutzen pflegte, so brachte ihm der Knabe den Fund, um sich ein kleines Lob zu verdienen. Als dieser das zusammengerollte Papier aufschlug, um zu sehen, was es wäre, fand er, dass es der Schuldbrief war, den er an den Berggeist ausgestellt hat, von oben herein zerrissen, und unten stand geschrieben: zu Dank bezahlt.

J. K. A. Musäus

Herr Kleinpietsch sieht den Rübezahl

Herr Kleinpietsch war einer von jenen waschechten Berlinern, deren Herkunft aus Breslau offen zutage lag. Noch die Urgroßeltern hatten in der schönen Odermetropole ein sogenanntes „Bäudel“ innegehabt, eine kleine, nach allerlei appetitlichen Dingen duftende Lebensmittelhandlung. Der Großvater aber war bereits nach Berlin gegangen und hatte dort sein Glück gemacht. Dieses Glück war auch seinem Enkel treu geblieben, eben jenem Herrn Kleinpietsch, von dem hier die Rede sein soll.

Es hatte ihn wieder einmal nach Breslau gezogen, unseren Herrn Kleinpietsch, wo er mehrere Verwandte besuchte und sich der alten, schönen Stadt erfreute, die vor dem turbulenten Berlin eben doch manches voraushatte, besonders im Hinblick auf gewisse Gemütswerte. Seinen Besuch in Breslau verband er mit einem Ausflug ins Riesengebirge, und zwar hatte er sich vorgenommen, ganz allein und ohne jede Begleitung die Koppe zu besteigen. So zog er nun, ein keckes Lodenhütchen auf dem kahlen Haupte, den Rucksack auf dem Rücken und einen derben Knotenstock in der Hand, den Kammweg entlang. Das Wetter, das anfangs recht erfreulich gewesen war, hatte umgeschlagen, und aus der klaren Sicht war brauender Nebel geworden. Ärgerliche Sache. Genauso ärgerlich wie das Gerede der beiden alten Gebirgler, denen er in der Baude begegnet war und die ihm hatten weismachen wollen, dass es wirklich und wahrhaftig hier oben so etwas wie einen Rübezahl gäbe. „Quatsch", hatte er erwidert, aber die beiden Alten waren bei ihrer Meinung geblieben.

Es war noch weit bis zur Schneekoppe, und der Nebel behinderte das Vorankommen ganz merklich. Herr Kleinpietsch zog seinen Hut tiefer in die Stirn. Es hieß aufpassen, denn es wehte ein nicht gerade angenehmer Wind über den Kamm, der sich offenbar zum Sturm auswachsen wollte. Aber was hilft alle Aufmerksamkeit, wenn man plötzlich ausglitscht und der Wind einem den Hut mit schadenfrohem Pfeifen ganz einfach ins Knieholz entführt? Pech war das! Herr Kleinpietsch rappelte sich wieder hoch und stieß in der Richtung, nach der sein Hut geflogen war, ins Ungewisse vor. Er hatte Glück. Der brave Filz war im Gezweige hängen geblieben und man brauchte ihn nur abzunehmen, wie man eine reife Frucht vom Baume pflückt. Doch nun hieß es den Weg wiederfinden, den Kammweg. Ja, wo war er? Herr Kleinpietsch glaubte über einen ausgezeichneten Orientierungssinn zu verfügen und seiner Berechnung nach konnten ihn nur wenige Meter vom Wege trennen. Trotzdem fand er ihn nicht. Neckisch, dachte er. Das war ja fast wie in den ollen Rübezahlgeschichten. Wäre man abergläubisch, könnte man jetzt wahrhaftig denken, der sogenannte Berggeist habe die Hand im Spiele. Aber da sieht am eben den Ursprung all dieser Fantastereien, dachte Herr Kleinpietsch. Ein wenig Nebel, eine kleine Abirrung vom Wege, und schon ist die Rübezahlgeschichte fertig. Er hatte seine Gedanken noch nicht ganz zu Ende gedacht, als er schattenhaft und unwahrscheinlich eine Gestalt aus dem Nebel hervortauchen sah, einen Kerl mit langem, flatterndem Bart, zerbeultem Hut und einer Keule in der Faust. Herr Kleinpietsch zuckte zusammen. Was ging hier vor? Der Bursche sah ja ganz aus wie jenes Gespenst, das sie den Herrn der Berge nannten. Einfach unheimlich war das. Es gab natürlich keinen Rübezahl. Nein, ganz bestimmt nicht. Aber diese Gestalt da drüben – höchst merkwürdig.

Der unheimliche Kerl hatte Herrn Kleinpietsch offenbar schon entdeckt und steuerte mit gewaltigen Schritten auf ihn zu. Es schien wenigstens so. Mitten durchs Knieholz kam er gestiegen. Was nun? An ein Ausweichen war nicht zu denken. Herr Kleinpietsch fühlte sich etwas weich in den Knien werden. Aber seine breslauisch-berlinerische Kessheit gewann schnell wieder die Oberhand. Schließlich hatte man ja noch einen Krückstock bei sich.
„Hallo!“ rief er in den Nebel hinein. „Hallo, Männeken, suchen Sie wen?“ Ein ganz klein wenig bange war ihm allerdings bei seinem eigenen Mut angesichts dieser ungewöhnlichen Situation. Der Kerl mit den flatternden Haaren blieb stehen und machte eine Bewegung. Als ob er die Keule hochheben wolle. „Suchen Sie wen?“, rief Herr Kleinpietsch wieder. „Hier ist niemand außer mir. Oder suchen Sie vielleicht auch den Weg, so wie ick?“
„Nee“, kam es lakonisch von drüben. Herr Kleinpietsch spitzte die Ohren. Das klang nicht nach Gespenst. Auch nicht nach Rübezahl. Nein, das klang ganz einfach menschlich und sogar etwas tapsig und unbeholfen. Herr Kleinpietsch gewann völlig Oberwasser und stieg über ein paar bemooste Steinblöcke hinweg auf den ko-

mischen Kerl zu. Tatsächlich, dieser Mensch sah genauso aus, wie man den Rübezahl auf Postkarten und allerlei Andenkenkram aufzumalen pflegte. „Mahlzeit!", warf Herr Kleinpietsch mit etwas gemachter Keckheit hin. „Sehn ja doll aus, mein Lieber!" Es war ihm immer noch nicht ganz wohl, wenn er sich auch ziemlich „oben" fühlte. Irgendwie saß noch eine kleine Schwäche in seinen Kniekehlen. Der Kerl mit der Keule grinste.

„Ich bien derr Rübezoahl!", sagte er mit echt gebirglerischem Tonfall. Herr Kleinpietsch schluckte.

„Scheint mir auch so", warf er leicht hin. „Da wären Sie also sozusagen, gewissermaßen, der Herr der Berge." Der andere machte ein ziemlich dummes Gesicht, soweit Herr Kleinpietsch bei dem scheußlichen Nebel feststellen konnte. „Herr der Berge!", lachte er. „Ein armes Luder bin ich, nischt weiter. Die Berge dahier, die gehören dem Grafen Schaffgotsch. Da hab' ich kein Recht drauf. Nich ein Grashalm is mein Eigentum. Bradler heeß ich, und ich will auf die Schneekoppe. Ich markier dort nämlich immer den Rübezahl für a paar Pfennige, verstehn Se. Die Fremden, die wolln doch immer was sehn. Und für mich sinds halt immer a paar Böhm Einnahme." Herrn Kleinpietsch fiel ein großer Stein vom Herzen. Nun war sein Oberwasser total.
„So so", sagte er herablassend. „Den Rübezahl markieren Sie und Sie wollen auf die Schneekoppe. Dann können wir ja miteinandergehen. Ich hab leider den Weg verloren."
„Dan hoan merr glei", meinte „Rübezahl", und so war

es auch. Neben dem unheimlichen Gesellen, der aber in gemütlichem Ton allerlei aus seinem einfachen Leben erzählte, stiefelte Herr Kleinpietsch der Koppe zu. Manchmal freilich schielte er verstohlen nach der Keule seines Begleiters. So ein wenig gespenstisch kam ihm die Geschichte eben doch vor. Bei hereinbrechender Nacht langten sie in der Koppenbaude an, wo viele Gäste fröhlich zechend beisammensaßen und den „Rübezahl" mit lautem Hallo begrüßten. Herr Kleinpietsch ließ sich einen heißen Grog bringen und bestellte auch seinem Rübezahl einen.
„Na Prost, mein Lieber!", rief er, als sie miteinander anstießen, aber seine Hand zitterte doch ein wenig, und er war froh, dass die Sache so glimpflich abgelaufen war.

Ernst Schenke

Tümpeleien

Tümpel gab es in Oberschlesien in Hülle und Fülle. Sie waren an den heißen Sommertagen die beliebtesten Treffpunkte der dörflichen Jugend. Abseits vom Dorfe tobte man sich in den kühlen Fluten aus und verbrachte viele Stunden in unbekümmerter Daseinsfreude.

Das Wasser dieser Tümpel war reiner als manche Brühe, die sich heute in breiten Strömen nordwärts wälzt. Vielfach waren diese dörflichen Behelfsbäder von Bäumen umstanden. Dann diente ein über das Wasser reichender Ast als Sprungbrett.

Badehosen jedoch blieben ein Requisit, das nur begüterten Kreisen vorbehalten war. Man badete also „ohne" und war an diese Art gewöhnt, wie an das Zusammenleben in der Schule. Ein wenig verschämt hatten die Mädchen gewöhnlich eine Schürze angelegt, die sich dann im Wasser nicht selten selbstständig machte.

An sich ein kindliches Vergnügen, und das in einer Zeit, in der es noch nicht viel zu verbergen gab.

Doch der Pfarrer des Dorfes war anderen Sinnes. Er fürchtete um das sittliche und seelische Heil seiner Schäflein und sah in diesen Tümpeln nasse Vorhöfe der Hölle. In seinen Religionsstunden polterte er darum auf die vor ihm sitzenden Sünder los und erklärte das Baden ohne Badeanzug als Todsünde. Die auf eine Todsünde folgenden Strafen malte er zudem drastisch aus, um seinem seelsorgerischen Bemühen entsprechenden Nachdruck zu verleihen.

Der geharnischte Appell wirkte sich für die Dauer von acht Tagen aus, dann wurde weitergeplanscht.
Nun gingen Hochwürden zum massiven Angriff über. Völlig überraschend erschien der geistliche Herr eines Nachmittags an diesem Sündenpfuhl.
Wer sich außerhalb des Tümpels befand, griff nach einem Bündel Sachen und suchte das Weite; die anderen glaubten, ihre Blößen im Wasser zu decken. Diese Tarnung half aber nicht.
Vom Ufer aus strafte die geistliche Gerechtigkeit die unverbesserlichen Sünder und räumte kraft seiner Worte den Tümpel bis auf einen Hartgesottenen, der nicht daran dachte, diesem Appell zu folgen.
Fast fehlte dem guten Pfarrer das Vokabularium, um auf diesen Ungehorsamen einzuwirken.
Inzwischen hatten sich die übrigen Badegäste in alle Winde verstreut und schlüpften zwischen den Kornfeldern in ihre Sachen, um anschließend schnellstens das schützende Dorf zu erreichen.
Als alle Versuche des Pfarrers, den Abtrünnigen aus dem Wasser zu holen, scheiterten, fragte er etwas versöhnlich:
„Willst du mir nicht erklären, warum du dich so unerzogen widersetzt?"
„Hä – ich bin doch evangelisch!" kam prompt die Antwort.
Hochwürden stutzten – ein leises Schmunzeln zeigte sich um die Mundwinkel an –, wandten sich und gingen konfessionellen Auseinandersetzungen aus dem Wege. Eine solche Situation war dem guten Pfarrer bisher fremd geblieben. Dass seinem seelsorgerischen

Bemühen Schranken gesetzt waren, wollte ihm nicht in den Kopf. Er ging heim und schüttelte sein greises Haupt über die Auswüchse der neuen Zeit.

Heinz Labus

Heut nehmen wir die Oder durch

Es war zu jener Zeit, als das Reichsministerium des Innern an Schulen noch die Benutzung von Rohrstöcken erlaubte. Der Rohrstock, in Schlesien Sende genannt. hatte eine doppelte Funktion: Vor allem natürlich diente er zum Vollzug der Prügelstrafe an unwissenden oder renitenten Schülern unterer Klassen der Volksschulen, wobei die Hiebe entweder auf den stramm gezogenen Hosenboden oder auf die flache Hand bei ausgestrecktem Arm gegeben wurden.

Zweitens verwendete der Lehrer die Sende im Unterricht als Mittel der Unterstreichung und Akzentuierung der behandelten Themen. Zu diesem Zweck hieb der in den Bankreihen umherwandernde Pädagoge den Stock kräftig von oben nach unten durch die Luft, und das dabei entstehende pfeifende Geräusch sollte den Glauben der Schüler an die Autorität des Lehrkörpers stärken.

Heimatkunde stand auf dem Stundenplan.

„Heut nehmen wir die Oder durch", verkündete Lehrer Bartsch (er hatte den gleichen Namen wie einer der rechten Nebenflüsse der Oder) und ließ die Sende pfeifen. „Die Oder ist einer der Hauptflüsse Deutschlands, entspringt im Mährischen Gesenke, durchfließt Ober- und Niederschlesien und das Oderbruch und mündet, vereinfachend ausgedrückt, ins Stettiner Haff. Wie lang ist die Oder innerhalb Deutschlands? Hans!"

Hans sprang auf und trat aus der Bank.
„Die Oder ist ..." Er blieb stecken.
„Na, ungefähr wenigstens", ermunterte Bartsch.
„Die Oder ist siebenhundertfünfzig Meter lang", behauptete Hans nach einigem Zögern. Alle Schüler lachten.
„Kilometer", rief einer von den hinteren Bänken.
„Genau sind es siebenhunderteinundsechzig Kilometer", präzisierte Bartsch, „und damit ist die Oder zusammen mit der Elbe nach dem Rhein der zweitlängste Fluss in Deutschland; denn die Elbe verzeichnet innerhalb Deutschlands bestenfalls siebenhunderteinundsechzig Kilometer. Nun weiter. Von welcher Stadt an ist die Oder schiffbar? Heinz!"
„Von Ratibor an", erwiderte Heinz.
„Jawohl", bestätigte Bartsch. „Die Kreisstadt Ratibor hat rund fünfzigtausend Einwohner und ist damit die größte schlesische Provinzstadt an der Oder. Gerhard, nenn mir weitere Städte an der Oder."
Gerhard erhob sich im Zeitlupentempo und machte ein dummes Gesicht.
„Kosel, Krappitz ...", flüsterte jemand so laut, dass es die ganze Klasse hören konnte.
„Nicht vorsagen!", mahnte Bartsch und pfiff mit der Sende. „Wer war das?"
„Ich. Herr Lehrer", meldete sich Konrad.
„Also, dann setze du die Aufzählung fort", sagte Bartsch.
„Oppeln, Brieg und Ohlau", antwortete der Schüler.
„Gut", nickte Bartsch. „Oppeln ist ... Na, Konrad?"
„Die Hauptstadt von Oberschlesien und hat über vierzigtausend Einwohner."
„Das ist richtig", lobte Bartsch. „Und nun zu Brieg. Es

wurde um zwölfhundertfünfzig gegründet und war die ehemalige Residenz des Herzogtums Brieg und Liegnitz. Und was Ohlau betrifft, wäre das ehemalige Piastenschloss und die Tabakfabrikation zu erwähnen. Und dann gelangen wir nach ..." Bartsch hielt die Stimme in der Schwebe.
„Breslau!", schrie die ganz Klasse.
„Breslau, die Hauptstadt Niederschlesiens, wird schon um das Jahr eintausend erwähnt", ergänzte Bartsch. „Das ist unser Thema in der nächsten Woche, deshalb gehen wir gleich weiter."
„Fahren, Herr Lehrer", warf Konrad ein.
„Wie bitte?"
„Fahren", erwiderte Konrad. „Auf der Oder fährt man."
„Natürlich, fahren", gab Bartsch etwas irritiert zu. „Wir fahren also weiter beziehungsweise fort und kommen durch ein paar kleine Oderstädtchen. Nämlich, Hermann?"
„Auras, Dyhernfurth, Maltsch und Leubus."
„Sehr gut", äußerte Bartsch. „Weiß jemand etwas über diese Städtchen? Nicht? Nun, das Dyhernfurther Schloss ist bemerkenswert und in Leubus das Zisterzienkloster, das eine wichtige Rolle bei der Germanisierung des Ostens spielte."
„Klapsmühle", murmelte Konrad hinter der vorgehaltenen Hand; aber Bartsch hatte ihn trotzdem verstanden.
„Sei nicht so vorlaut", rügt er und ließ erneut die Sende pfeifen. „Nervenheilanstalt heißt das. – Ja, nun sind Steinau und Köben an der Reihe. Bei Steinau besiegte Wallenstein im Dreißigjährigen Krieg die Schweden. Köben können wir überspringen. Die nächste Stadt ist ..."

„Glogau“, drängte sich Konrad wieder vor; er war eben der Klassenbeste.

„Einst Hauptstadt eines Fürstentums“, erläuterte Bartsch, „und Geburtsort des Dichters Andreas Gryphius, der eigentlich Andreas Greif hieß. Nunmehr verlässt die Oder Schlesien. Die letzten Städte im schlesischen Bereich sind – Bruno?“

Bruno schob sich auffallend langsam aus der Bank. Er wirkte unsicher und gehemmt.

„Neusalz und Rotenburg“, brummelte er mit gesenktem Kopf vor sich hin.

„Du lässt einen Ort aus“, machte Bartsch den Schüler aufmerksam. „Nach Glogau und vor Neusalz kommt noch ... Na?“ „Da kommt nichts“, erklärte Bruno verbissen.

„Aber, Bruno“, tadelte der Lehrer und pfiff mit der Sende, „wem willst du das denn weismachen? Bitte nenne mir den Ort. Ich sehe dir an, dass du ihn kennst.“

Konrad schnippte mit den Fingern.

„Beuthen“, gab er an Brunos Stelle Auskunft. „Bruno hat Angst, weil alle Leute Kuhbeuthen sagen. Seine Mutter wurde dort geboren und da ist er a wing empfindlich.“

„Aha, das ist der Grund.“ Bartsch blieb dicht vor Bruno stehen. „Du brauchst dich nicht zu genieren, Beuthen ist ein hübsches kleines Städtchen. Amtlich heißt es Beuthen an der Oder, damit man es nicht mit dem oberschlesischen Beuthen verwechselt. Und Kuhbeuthen ist ein Scherzwort, kein Schimpfwort. Wie heißen also die letzten Oderstädte, bevor der Fluss Schlesien verlässt?“

Bruno schielte unentschlossen nach der wippenden Sende.

„Beuthen, Neusalz und Rotenburg“, stieß er dann schnell hervor und setzte sich rasch wieder hin.
Bartsch deutete mit einem Lächeln an, dass er zufrieden war, und im gleichen Augenblick rasselte die Schulglocke und beendete die Unterrichtsstunde.

Erich A. Franz

Badeleben an der Oder

Badeleben an der Oder
hat von jeher Tradition,
das war so bei uns'ren Eltern,
bei Oma und bei Opa schon.
Schwimmen, tauchen – ein Vergnügen,
und dann in der Sonne liegen,
dösen, labern, Blödsinn machen,
singen, kaschpern, pischpern, lachen.
Alle sind fidel und froh,
Lebensfreude gibt's en gros.

Wie man weiß, sieht man beim Baden
scharfe Kurven, stramme Waden,
und so mancher junge Mann
schafft sich hier 'ne Freundin an.
Doch wer nicht mehr jungen Jahren,
kann sich diese Mühe sparen,
denn als Ehepaar zu zwei'n,
springen sie ins Wasser rein.

Ein Dicker tut was gegen Durst,
sein Nachbar isst 'ne Knoblauchwurst,
links davon, mit lautem Ton,
spielt ein Koffergrammofon,
nebenan kriegt einer Schnicke,
ein Pärchen tauscht verliebte Blicke.
Ein Segelboot durchpflügt geschwind

die Oder abwärts mit dem Wind.
Ein Dampfer, weiß lackiert und schwer,
fährt ohne Eile hinterher.

Wenn man nicht richtig schwimmen kann,
stellt man sich ziemlich töricht an.
Ein kleiner Griebsch wär' abgesackt,
hätt' ihn sein Vater nicht gepackt.
Wer gar in Strudel reingerät,
für den kommt Hilfe meist zu spät.

Der Tag klingt aus, die Sonne sinkt,
am Himmel schon ein Sternlein blinkt.
Und jeder beim Nachhausegeh'n
schwärmt: „Lerge, war das heute schön!"
Ja, Badezeit am Oderstrand
ist halt beliebt im Schlesierland.

Erich A. Franz

Die Heinzelmännchen

Wie war zu Köln es doch vordem
Mit Heinzelmännchen so bequem!
Denn, war man faul ... man legte sich
Hin auf die Bank und pflegte sich:
Da kamen bei Nacht,
Ehe man's gedacht,
Die Männlein und schwärmten
Und klappten und lärmten,
Und rupften
Und zupften,
Und hüpften und trabten
Und putzten und schabten ...
Und eh ein Faulpelz noch erwacht ...
War all sein Tagewerk ... bereits gemacht!

Die Zimmerleute streckten sich
Hin auf die Spän' und reckten sich.
Indessen kam die Geisterschar
Und sah, was da zu zimmern war.
Nahm Meißel und Beil
Und die Säg' in Eil;
Und sägten und stachen
Und hieben und brachen,
Berappten
Und kappten,
Visierten wie Falken
Und setzten die Balken ...

Eh sich's der Zimmermann versah ...
Klapp, stand das ganze Haus ... schon fertig da!

Beim Bäckermeister war nicht Not,
Die Heinzelmännchen backten Brot.
Die faulen Burschen legten sich,
Die Heinzelmännchen regten sich –
Und ächzten daher
Mit den Säcken schwer!
Und kneteten tüchtig
Und wogen es richtig,
Und hoben
Und schoben
Und fegten und backten
Und klopften und hackten.
Die Burschen schnarchten noch im Chor:
Da rückte schon das Brot ... das neue, vor!

Beim Fleischer ging es just so zu:
Gesell und Bursche lag in Ruh.
Indessen kamen die Männlein her
Und hackten das Schwein die Kreuz und Quer.
Das ging so geschwind
Wie die Mühl' im Wind!
Die klappten mit Beilen,
Die schnitzten an Speilen,
Die spülten,
Die wühlten
Und mengten und mischten
Und stopften und wischten.
Tat der Gesell die Augen auf ...
Wapp! hing die Wurst da schon im Ausverkauf!

Beim Schenken war es so: Es trank
Der Küfer, bis er niedersank,
Am hohlen Fasse schlief er ein,
Die Männlein sorgten um den Wein,
                    Und schwefelten fein
                    Alle Fässer ein,
          Und rollten und hoben
          Mit Winden und Kloben
                    Und schwenkten
                    Und senkten
          Und gossen und panschten
          Und mengten und manschten.
Und eh der Küfer noch erwacht,
War schon der Wein geschönt und fein gemacht!

Einst hatt' ein Schneider große Pein:
Der Staatsrock sollte fertig sein;
Warf hin das Zeug und legte sich
Hin auf das Ohr und pflegte sich.
                    Da schlüpften sie frisch
                    In den Schneidertisch;
          Da schnitten und rückten
          Und nähten und stickten
                    Und fassten
                    Und passten
          Und strichen und guckten
          Und zupften und ruckten,
Und eh mein Schneiderlein erwacht:
War Bürgermeisters Rock ... bereits gemacht!

Neugierig war des Schneiders Weib,
Und macht sich diesen Zeitvertreib:
Streut Erbsen hin die andre Nacht,
Die Heinzelmännchen kommen sacht:
Eins fähret nun aus,
Schlägt hin im Haus,
Die gleiten von Stufen
Und plumpen in Kufen,
Die fallen
Mit Schallen,
Die lärmen und schreien
Und vermaledeien!
Sie springt hinunter auf den Schall
Mit Licht: husch husch, husch, husch – verschwinden all!

O weh! Nun sind sie alle fort
Und keines ist mehr hier am Ort!
Man kann nicht mehr wie sonsten ruhn,
Man muss nun alles selber tun!
Ein jeder muss fein
Selbst fleißig sein
Und kratzen und schaben
Und rennen und traben
Und schniegeln
Und biegeln
Und klopfen und hacken
Und kochen und backen.
Ach, dass es noch wie damals wär!
Doch kommt die schöne Zeit nicht wieder her!

August Kopisch

Ein Kind – vergißt sich selbst;
ein Knabe – kennt sich nicht;
ein Jüngling – ach't sich nicht;
ein Mann – hat immer Pflicht;
ein Alter – nimmt Verdruß;
ein Greis – wird immer Kind;
Was meinst du, was doch dies
für Herrlichkeiten sind

Friedrich Freiherr von Logau

Quellenverzeichnis

Texte:

Erle Bach, „Ein Loblied auf die Schnooke. In: Dies., „Baudenzauber. Heitere Geschichten aus dem Riesengebirge“. © 1990 by Husum Druck- und Verlagsgesellschaft mbH u. Co. KG, Husum
Gerhard Eckert, „Er kam meist zu früh“, „Hühner: ja, Hahn: nein“, „90 Sekunden zu spät“, „So endete Eichendorffs Oderfahrt“. In: Ders., „Anekdoten aus Schlesien“. © 1991 by Husum Druck- und Verlagsgesellschaft mbH u. Co. KG, Husum
Erich A. Franz, „Badeleben an der Oder“, „Heut nehmen wir die Oder durch“ © 2014 by Laumann Druck & Verlag GmbH & Co. KG, Postfach 14 61, 48235 Dülmen
Heinz Labus, „Die Apostelfürsten auf Reisen“, „Die erste Zigarette“, „Tümpeleien“ entnommen aus: Labus, Heinz: Oberschlesien schmunzelt, Heiteres aus Oberschlesien, 2003. © Würzburg Rautenberg im Verlagshaus Würzburg (www.verlagshaus.com)
Ludwig Manfred Lommel, „Auf dem Bahnsteig“, „Lachen ist gesund“ © bei Aufstieg Verlag GmbH, Landshut
Sophie Mildner, „Zwei alte Schlesierinnen erzählten“ aus: Preussler, Helmut, Rund um den Altvater, e. heimatkundliches Lesebuch für Sudeten-Schlesien und Nordmähren, 1984, Nürnberg Preussler
Ernst Schenke, „Herr Kleinpietsch sieht den Rübezahl“ © Ernst Schenke, Erben, Recklinghausen
August Scholtis, „Der Bilderhändler Roman Brimbora“ © Alle Rechte beim Autor
Erwin Weiser, „Pater Pauls Zauberhut“ aus: Preussler, Helmut, Rund um den Altvater, e. heimatkundliches Lesebuch für Sudeten-Schlesien und Nordmähren, 1984, Nürnberg Preussler

Fotos:

Alle Bilder stammen von der Agentur www.fotolia.de
Cover: S. 7, 40: © zzorik; S. 8: © zenina; S. 20: © jula_lily; S. 28: © Valenty; S. 38/39: © abstract; S. 47: © aboard; S. 53: © juliasfast1977 S. 58: © vaneeva; S. 60: © Jane Lane; S. 67: © piccola164; S. 68: © mashikomo; S. 75: © tanycya; S. 77: © kamenuka; S. 86: © James Thew; S. 88: © arkela; S. 90: © Sinna-Nyn; S. 107: © kris_art; S. 112: © pim; S. 115: © shibanuk; S. 120: © marvalens; S. 122: © iriskana; S 127: © elenamedvedeva.